張曼娟
·成語學堂I·

尋獸記

張曼娟——策劃
高培耘——撰寫
劉旭恭——繪圖

十年一瞬間——學堂系列新版總序

張曼娟

常常在演講的時候，遇見一些年輕的讀者，他們從容自在的聆聽，意會的頷首，耐心等待著我為他們的書簽名，而後，像是要傾訴一個祕密那樣的靠近我，微笑著對我說：「曼娟老師，我是讀著【○○學堂】長大的。」【奇幻學堂】、【成語學堂】或是【唐詩學堂】就這樣被說出來，說的時候，帶著對於童年與成長的溫柔依戀。

啊！這一批孩子們已經長大了啊，他們看起來，都是很好的成年人了。也許不是念文學相關科系的，可是，他們一直保持著對於文字的敏感度，對於人情世故的理解。

「老師什麼時候要為我們這些小孩子寫書呢？」到現在，我依然能聽見最

初提出這個請求的那個女孩，對我說話的聲音。

而我確實是呼應了她的願望，開始創作並企劃一個又一個學堂系列。

以【奇幻學堂】為起點，我和幾位優秀的創作者：張維中、孫梓評、高培耘與黃羿瓅反覆的開會討論著，除了將古代經典的寶庫傳承給孩子，更想與他們一同走在成長的路上，不管是喜悅或失落；不管是相聚與離別，都是生命的課題，都那麼貴重，應該要被了解著、陪伴著，成為孩子心靈中恆常的暖色調。

這樣的發想和作品，獲得了許多家長、老師的認同，更令我們感到欣喜莫名的是，孩子們的真心喜愛。於是，接著而來的【成語學堂Ⅰ】、【成語學堂Ⅱ】和【唐詩學堂】也都獲得了熱烈回響。

十年之後，那個最初提議的女孩，化成許多個大孩子與小孩子，來到我的面前，與我微笑相認。讓我們知道，當初不只是古典新詮，更是探討孩子成長中各種情境的系列作品，有著這樣深刻的意義。

也是在演講的時候，常有家長詢問：「我的孩子考數學，演算題全對，但是一到應用題就完蛋了，他根本看不懂題目呀。到底該怎麼辦？」這是發生在許多成績優秀的孩子身上的悲劇。

「中文力」不僅能提升國語文程度，而是提升一切學科的基礎，這已經是陳腔濫調了。中文力，不僅是閱讀力，還有理解力與表達力。能不能看懂考題，在考試時拿高分，固然重要。然而，更大的隱憂卻是，應付考試，得到高分的歲月，只占了短短幾年，孩子們未來長長的人生，假若沒有足夠的理解與表達能力，他們將如何面對社會激烈的競爭？如何與他人建立良好的人際關係？這樣的擔憂與期望，才是我們十年來投入許多心血與時間，為孩子創作的初衷。

我們感知到孩子無邊無際的想像力，在成長中不斷消失，於是創作了【奇幻學堂】；察覺到孩子對成語的無感，只是機械式的運用，於是創作了【成語學堂】；發現到孩子對於美感和情感的領受，變得浮誇而淺薄，於是

創作了【唐詩學堂】。

十年，彷彿只在一瞬之間，許多孩子長大了，許多孩子正在成長，我們仍在創作的路上，以珍愛的心情，成為孩子最知心的陪伴。

目次

第三章

序

創作緣起

故事知多少

張曼娟

我在小學堂的課堂上，並不見得都是呼風喚雨，令孩子們心悅誠服的。有時候，他們也會不耐煩，也會忍不住的喧鬧，專注力對孩子來說，本就是個考驗。當他們愈來愈躁動的時候，我只好使出最後的殺手鐧：「我本來想講個故事給你們聽的，可是，我看大家好像也不想聽的樣子……」

瞬間，真的是不可思議的短暫時間，教室裡的氣氛大改變，每個孩子立即雙眼炯炯閃亮，閉上嘴，坐直身子，成為等待故事的狀態。偶爾有一、兩個還沒準備好的孩子，就會被同學嗆聲：「不要鬧了啦，老師要講故事啦。」「好的，我們今天來講個『指鹿為馬』的故事吧……」我清了清喉嚨，開始講故事，一面打量並感受著故事的巨大神奇力量。

它能令激動的孩子安定下來；它能令沉靜的孩子充滿熱情；它能令瞬間變為永恆；它能令粗糙的生命過程變得細微精緻。

而我們何其幸運，幾千年來，中華民族累積了無數的故事與啟示，真的是取之不盡，用之不竭。

讓古代人與現代人親密對話

自從成立了【張曼娟小學堂】之後，我開始思索，該用什麼方式把這些好故事傳承給我們的孩子。

二〇〇六年與親子天下出版合作，推出了【張曼娟奇幻學堂】系列共四本書，將名著中的老故事用嶄新的角度詮釋，獲得了許多迴響。讓孩子迷戀的奇幻人物，不只是哈利波特和神隱少女而已，他們也愛上了哪吒和花蕊兒；唐小山和唐大海。

二〇〇八年，我們再接再厲，用新編故事來介紹成語典故，讓古代人與現代人親密對話。既是好看的故事書，又有實用的價值。

我一直相信如果孩子確實了解每個典故的由來，甚至對於典故中的人物產生理解或同情或欽羨，他們就不會錯用成語，能更進一步體會這些四字成語，是多麼簡約又精緻。我與四位經驗豐富的優秀創作者合作，為孩子寫作了四本書，針對不同年齡，規劃出孩子感到興趣的主題，策劃編撰完成了【張曼娟成語學堂】。

張維中繼《看我七十二變》之後，創作了《野蠻遊戲》，仍是以《西遊記》中唐三藏師徒四人為主角。當他們歷盡千辛萬苦，終於取經成功，要轉回大唐長安城時，卻離心離德，變得自私自利。於是，他們迷失在時空之中，劫難紛紛而至了。這不再是個人逞英雄的時候，必須要靠大家同心協力，才能一關一關往前闖。

高培耘則在《火裡來，水裡去》之後，創作了《尋獸記》。在這個奇幻故事中，三兄妹不約而同的許下一個願望，希望一直吵個不停的父母親「消失」。當願望成真，他們既後悔又恐懼，決定去滄海桑田尋找那隻傳說中的「願之獸」。而他們必須從古代的成語典故中先找到三樣寶貝，才能成功營救父母親回來。

得過兒童文學獎的黃羿瓅這次的作品《我是光芒！》，是以國小即將畢業的

學生為寫生對象，寫出他們的小小憂煩與歡喜；似有若無的青梅竹馬；深刻濃厚的友情，也寫出校園中會出現的歧視或排擠，更寫出一群孩子為了幫助別人，許下了一個大夢想，而後一步步讓夢想成真的過程。

孫梓評上次的創作是《花開了》，這次則是《爺爺泡的茶》，一個叫阿鐵的男孩，由茶山的爺爺一手帶大，度過歡樂的童年。而後，他長大了，必須告別茶山上的朋友和同學，告別親愛的爺爺隨父母回都市裡念國中。更艱難的是，在他離開茶山之後，爺爺突然過世，太多的轉變與太大的創傷，一齊降臨在這個青春期孩子的身上了。

在故事中流淚、昇華

這四本書，不僅是四個動人的故事，更與孩子的生活息息相關。他們與父母、兄弟姊妹之間的關係；他們在學校或團體中如何自處；他們怎麼去面對至親或是寵物的死亡？他們從轉變中能長成怎樣的人？他們怎麼看待不可避免的孤獨？又怎麼與他人合作創造奇蹟？讓他們讀故事，讓他們在故事中看見一個更軟弱或更堅強的自己，讓他們在故事中流淚或昇華，讓他們明白，自己也可以是一個感動人心的故事。

我們每個人都是故事的創造者，書寫了自己的明天。

孟浩然說：「夜來風雨聲，花落知多少。」

李後主說：「春花秋月何時了，往事知多少。」

而我要說，講一個好故事，便對世人有益；聽一個好故事，讓心靈充滿善意。「故事知多少」。

謹序於二〇〇八年立秋之後　臺北城

人物介紹

阿堅

男生，十四歲，國二學生，在家中排行老大。喜歡讀歷史，對典故很熟悉。手長腳長的他，期望成為學校棒球隊的先發投手。

在父母消失期間，阿堅帶領著弟弟妹妹解開各種謎題、穿梭在歷史場景之間。

小杏

女生，十歲，四年級學生，在家排行老二。喜歡在頭上夾滿髮夾，被同學笑稱是外星寶寶，她是編織高手，也是三個孩子中性格最沉著的。

威威

男生，八歲，二年級學生，是家裡的老么，個性小氣，覺得說好話最划算，可以討別人歡心又不用花錢。在歷險過程中，他天真的童言童語常

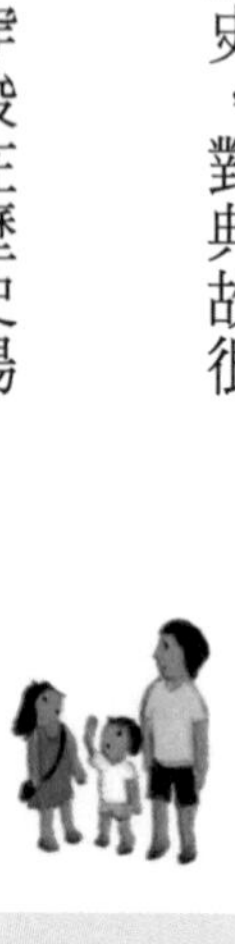

可化解與陌生人之間的隔閡。

蜜雪兒阿姨

三十五歲，魔法學院的老師，會使用魔法。雖然大人都覺得她怪怪的，卻是三兄妹最喜歡的人。她滿懷熱情的送給三兄妹一個大禮物，想不到卻引發一連串的意外事件。

願之獸

傳說中幫人類達成願望的怪獸，身形巨大，卻沒有固定的形狀，藏身在滄海桑田。

當人們誠心許願後，願之獸就會吃掉願望，然後吐出詭異的彩光，等彩光回到許願的人的身上時，也就是夢想成真的時候。

第一章

三兄妹的願望

舌粲蓮花

舌頭上長出蓮花來。

牆上的鐘已經走到了十一點五十七分，威威跳起來對姊姊小杏說：「我去開門，讓阿姨可以進來。」

小杏拉住他：「不要急，還有三分鐘，哥哥也還沒來啊。」

「哥哥一定掛在網路上，他說不定早就忘記了。」威威坐回去，有點不開心的樣子。

「不會啦，哥哥不會忘記我的十歲生日的。」小杏正說著，門被打開，閃進來一個細長的身影。

「哥！」威威和小杏一起叫著阿堅，他穿著居家運動服，手長腳長的，環顧一下房間，低聲問：「阿姨還沒來啊？」

「還沒。」小杏讓了個位子給他坐，一邊問：「爸媽還沒回來喔？」

阿堅搖搖頭，把一個可愛的紗製束口袋放在小杏手裡，對她說：「小杏，生日快樂！」

小杏連忙打開禮物袋，一個閃電髮夾落出來，閃著藍色的電光，也照亮了小杏的圓眼睛：「哥！謝謝你，我好喜歡！」她熱情的擁抱阿堅，阿堅覺得有點不好意思，又不願意把她推開，於是，就露出雪白的牙齒，呵呵的笑了。

小杏對著鏡子把新髮夾別在頭髮上，她的頭上滿滿的都是夾子，同學常常嘲笑她，說她是外星寶寶，頭上插滿天線。

威威讚嘆的說：「哇！姊姊，你好漂亮！你是全世界最漂亮的女生。」

「好話威！你的禮物呢？」阿堅問威威。

「我剛剛已經送啦。」威威理直氣壯的說。

威威是不送禮物的，因為他「只有八歲」，是一個小孩子。但是，他近來學習說好話，他覺得說出好話比送禮物還要珍貴。因為聽見好話的人，都會發自內心感到快樂。

「哇！原來你的禮物就是『舌粲蓮花』。」阿堅故意說。

「蓮花？在哪裡？」小杏看著雙手空空的威威。

「那不是一朵真的花啦。」阿堅笑著解釋：「這是從佛經演變來的成語，古時候有個叫佛圖澄的人為了感化喜歡殺人的石勒，就用石缽裝水，然後燒香禱告，不一會兒水中就生出光彩奪目的青蓮花，石勒覺得很驚奇。佛圖澄就跟石勒說：『國君若以德治理國家，會出現四種吉祥動物；要是以暴治國，不祥的彗星就會顯現。』石勒聽完再也不殺人了。後來，形容人家口才很好，說話像蓮花盛開那樣美妙，就叫『舌粲蓮花』。」

沒想到說好話就是送人家一朵花，而且還不用花錢買，威威覺得很得意，真是一舉兩得啊。他開心的看著小杏問：「姊，喜歡我送你的『蓮花』嗎？」

小杏捧著那朵看不見的花用力嗅聞著：「喜歡啊，好香喔，希望明年生日時，威威可以送我一朵『有錢花』。」

這時，從樓下傳來車子開進車庫的聲音。

「爸媽回來了。」小杏說。

阿堅立刻站起來，熄掉房裡的燈，假裝他們都已經入睡。近來爸媽常常回來得很晚，回到家之後就吵架，而且吵架的次數愈來愈多，愈來愈激烈。每當這種時候，為了不惹麻煩，他們只好裝睡。

舌粲蓮花

【時空入口】 《梁高僧傳．佛圖澄》

因而言曰：至道雖遠，亦可以近事為證。即取應器盛水燒香咒之，須臾生青蓮花，光色曜目。勒由此信服……

【星星線索】 形容人的口才好。

【機會相同】 能言善辯、口吐珠璣

【命運相反】 沉默寡言、陳腔濫調

一諾千金

誰的承諾這麼貴呀？

「小杏生日快樂！」就在黑暗裡，三個人都聽見熟悉的聲音。是阿姨，在魔法學院教書的阿姨，大人都覺得怪怪的，小孩卻非常喜愛的蜜雪兒阿姨。

阿姨手中捧著一束藍光，在房間中央出現，小杏立刻緊緊擁抱住她。威威也衝過來，撞進阿姨懷裡。阿堅只是站在一旁，微微笑著，叫了一聲：「阿姨。」

「收到我的 e-mail 了？」阿姨問阿堅，阿堅點點頭。

現在，房間裡充滿藍色的光，好像置身在海底世界。蜜雪兒阿姨拉著他們坐下來，對他們說：「我跟阿堅提過，小杏的十歲生日，我送給你們的禮物，就是一人一個願望。」

「真的嗎？姊姊生日，我們也有禮物？」威威不敢置信。

「當然，阿姨什麼時候騙過你們？飯可以隨便吃，話就不能亂說了。聽過『一諾千金』嗎？」蜜雪兒阿姨看著大家。

阿堅和小杏點頭，威威卻一臉茫然：「千金？很多錢的意思嗎？」

蜜雪兒阿姨微笑著，口中唸起咒語：「魔哄呢唄，哪唄雷如，反內咕圈可麼……」

瞬間，房間裡的一切像是變魔術一般，書桌、電腦、木床、衣櫃等等全都消失不見，換上的竟是一個像電視古裝劇的場景，而且還有兩個穿古裝的人出現在眼前。

兄妹三人愣愣的搞不清楚是怎麼一回事時，其中一個古人開口說話了。

「季布大人，我是您的同鄉曹丘生，這封信是竇先生幫我寫的介紹信。」站著的人恭敬的遞出信函。

可是坐著的季布卻一動也不動，顯現出一副厭煩的模樣。

曹丘生不以為意，仍很有禮貌的說：「季布大人，也許您曾聽聞過我喜歡用財物去結交達官貴人來抬高自己的身價，但我今天只是來拜訪您。我知道您為人俠義，樂於助人，凡是答應過的事一定會做到，所以楚人有句諺語說『黃金百斤，不如得季布一諾。』您知道嗎？您在梁、楚的名聲如此顯赫，都是同鄉的我們向天下宣揚的，難道這就是您回報同鄉的方式？」

聽到曹丘生這麼說，季布臉上出現羞愧的表情，他不好意思的起身走向曹丘生：「曹先生，是我不對，請您原諒。」

沒想到，季布竟然穿過兄妹三人之間，彷彿他們是不存在的。阿堅、小杏和威威全都瞪大眼睛，面面相覷。

「這就是成語『一諾千金』的由來。」蜜雪兒阿姨一派輕鬆的說：「用來形容信守承諾，說話算話的意思。所以，請大家許願……」

阿姨的話還沒說完，砰！突如其來的關門聲，把大家都嚇了一跳，季布、曹丘生和古裝場景全都不見了，房間又恢復原來的樣子。接著，樓下傳來了吵嚷聲，阿姨停頓下來，皺皺眉頭，繼續說：「不過，你們不要許很大的願望，也不要許下大樂透頭獎啊、變成公主啊，這一類的願望。」

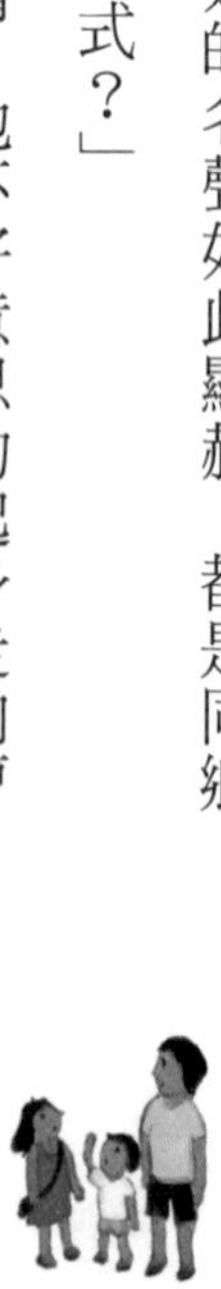

樓下吵架的聲音更大了。顯然爸爸媽媽都氣瘋了，完全顧不得會把孩子吵醒，肆無忌憚的叫罵著。不知道是誰，還摔破了玻璃杯或是花瓶。

「那我可以希望這顆門牙趕快掉嗎？」威威有一顆頑固的乳牙，一枝獨秀的，在其他新牙長出來之後，還是不肯掉落，令他很煩惱。

「當然可以啦。」

「那我就許願，參加編織比賽可以拿到第一名。這樣可以嗎？」小杏一直很喜歡編織，她也參加過編織比賽，只是沒進過前三名。

蜜雪兒阿姨點點頭，樓下的吵鬧聲愈來愈清晰，可能是爸媽一邊吵著，一邊上樓來了。阿姨握住他們的手，有點緊張，「你們三個，趕快許願，來！閉上眼睛，在心裡真誠的許下一個願望！」

阿堅、小杏和威威，閉上眼睛，許下心裡的願望。他們聽見阿姨唸唸有詞的，

「魔呢哪哄，唄唄如雷，可圈內反咕麼麼……」

忽然，他們覺得身體變得好輕好輕，像羽毛一樣，可以飄起來，藍色的光變成了紫色、黃色、粉紅色、蘋果綠，四周忽然好安靜，好安靜……

一諾千金

【時空入口】《史記・季布欒布列傳》

季布果大怒，待曹丘。曹丘至，即揖季布曰：「楚人諺曰：『得黃金百斤，不如得季布一諾。』足下何以得此聲於梁楚閒哉……

【星星線索】一經允諾，價值千金。形容諾言之可貴。

【機會相同】一言九鼎、季布一諾

【命運相反】言而無信、出爾反爾

弄巧成拙

插上紅花的鎮妖瓶。

「你們許了什麼願望？」蜜雪兒阿姨的聲音很古怪。

小杏張開眼睛，從窗外透進來的朦朧月光中，她看見阿姨有些驚惶的表情。還是在房間裡，她想，可是，感覺有點不同，什麼地方不同了呢？

「你們到底許了什麼願望？」阿姨又問了一次。

小杏站起身子，開了燈，打開房門，阿堅跟著她走出去，威威貼著小杏，也是害怕的表情。太安靜了，為什麼會這麼安靜？可怕的吵鬧聲呢？爸爸呢？媽媽呢？

「不見了！」阿堅回到房間，一臉倉皇失措，「爸爸媽媽不見了。」

「啊——」威威尖叫：「我把他們變不見了！」

蜜雪兒阿姨抱住威威：「你不是許願你的門牙嗎？」

「我怕爸媽跑進來，看見我們還沒睡覺會罵人，所以，我許願讓他們消失！」

小杏一邊發抖一邊說：「完蛋了啦，我，我也是許願，讓他們消……消失。他們一直吵個不停，我希望可以安靜一下……」

阿姨望向站在門邊的阿堅，她說：「你跟我說過，你的願望是可以成為學校棒球隊的先發投手。」

阿堅的臉色就像窗外銀白色的月亮，他用力搖搖頭。

「你們三個許了一模一樣的願望？」阿姨瞪大眼睛，「你們的爸爸媽媽真的消失了！」

威威大哭起來，小杏也掉下眼淚。

「我要媽媽！我要爸爸！」威威哭著，和小杏抱在一起。

阿堅沒有哭，他抿住嘴脣，用微微顫抖的手，握住蜜雪兒阿姨：「阿姨，我要把他們找回來，我該怎麼做，才能把他們找回來？拜託你，告訴我。」

蜜雪兒阿姨叫威威和小杏先不要哭：「聽我說，這個咒語一定要解除，否則

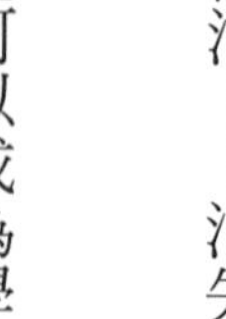

爸爸媽媽就會真的消失，而你們當然也就不會存在。」

聽到這裡，阿堅、小杏和威威全都呆住，不明白阿姨在說什麼火星話。可是，似乎有什麼事是真的發生了。

「我現在要趕回魔法學院拿解除咒語的方法，你們先上床睡覺，時間已經很晚了。」

「阿姨……我睡不著。」威威抽噎的說。

「威威乖，一定要睡覺，阿堅和小杏也是，明天還有很多事要做！」蜜雪兒阿姨摸摸他們的臉頰。

這時，一股奇異的暖流竄進他們三人的身體，原本緊繃的身軀霎時鬆緩許多，是安心魔法。小杏記得以前情緒低落的時候，只要蜜雪兒阿姨摸摸她的臉，不一會兒，整個人就好像躺在香甜的七彩棉花糖裡，不舒服的感覺就會消失。

風一陣陣的吹進來，涼風讓人打哆嗦，他們三個睜開眼睛，蜜雪兒阿姨已經離開了。小杏走去關窗，威威拉住阿堅的手，小聲的說：「我肚子餓了。」

爸爸媽媽確實消失了啊。

威威坐在廚房裡，吃著阿堅做的三明治，他把芥末醬當成花生醬，抹在吐司麵包上，咬了一口就流眼淚了，但他只是流眼淚，並沒有哭出聲音來，看起來可憐兮兮。

「只是許願而已，怎麼會『弄巧成拙』？」阿堅擦拭著威威臉上的眼淚和鼻涕。

「『弄巧成拙』跟爸爸媽媽的消失有關嗎？」威威吸著鼻子問。

小杏搖頭說：「『弄巧成拙』是形容想取巧，卻反而失敗的意思。就像我們三個原本希望爸爸媽媽安靜一點，結果這下子……夠安靜了……」小杏說到最後，開始哽咽。

阿堅打起精神說：「我記得有一個爆笑的故事也跟『弄巧成拙』有關喔！有一天，成都壽寧寺委託北宋畫家孫知微畫一幅〈九曜圖〉，當他畫好草圖後臨時有事要外出，就請弟子幫忙上色。弟子畫到一半發現草圖中的水晶瓶裡少了老師以前都會畫的鮮花，就幫忙補上一朵豔麗的紅花。隔天，孫知微看到畫裡竟多出一朵紅花時差點暈倒，他生氣的說水晶瓶是菩薩用來降服水怪的鎮妖瓶，怎麼還會插上一朵紅花呢？」

要是從前的話，威威一定會笑出來，可是現在他只想哭。

小杏沒有說話，她在想，這是什麼樣的生日啊？這應該是一場惡夢吧？也許等到明天，醒來之後，一切就恢復正常了。爸媽還是吵吵鬧鬧的，威威還是只會說好話，哥哥還是耍酷的少年，而她自己呢，還是滿頭髮夾，被同學取笑的外星寶寶。這樣有什麼不好嗎？這樣就很好了啊。

弄巧成拙

【時空入口】宋．黃庭堅〈拙軒頌〉

覓巧了不可得，拙從何來？打破沙盆一問，狂子因此眼開，弄巧成拙，為蛇畫足，何況頭上安頭，屋下安屋，畢竟巧者有餘，拙者不足。

【星星線索】本想取巧，卻反而敗事。

【機會相同】畫蛇添足、多此一舉

【命運相反】恰如其分、恰到好處

功虧一簣

就差那麼一點點……

一整夜，小杏睡得很不安穩，好不容易等到天濛濛亮，她趕緊下床跑去爸媽的房間，說不定他們只是加班加太晚，說不定這只是一場惡夢而已。然而，當她推開房門，卻只見到蹲在牆角的威威，和呆坐在床上的阿堅。

「我想，我們還是分頭去爸媽的公司看看。」阿堅站起身。

轉了兩班公車，阿堅和威威終於來到爸爸上班的大樓。

「伯伯您好，我要找飛達公司的張岩先生。」阿堅跟警衛說。

「請等一下。」警衛拿起對講機。

「是，知道了，謝謝。」警衛掛上話筒：「飛達說沒有張岩這個人，你們是不是找錯地方了？」

「伯伯，你忘記啦？我前天才來過這裡，當時是你幫我打電話上去的，後來爸爸陪我下來，你還說我們父子倆長得很像……」

「是嗎？我不記得有這件事。」警衛擺擺手，「飛達說沒有張岩這個人，我幫不了你們。」

汪！汪！汪！狗叫聲嚇了阿堅一跳，是手機鈴聲。他急忙掏出手機查看，是家裡的號碼。

「哥，媽媽的公司說沒有這個人……」小杏都快哭出來了，「爸爸呢？你們找到他了嗎？」

「沒有。他們公司也說沒這個人。小杏，你在家不要亂跑，我和威威現在就回去。」聽到同樣的答案，阿堅的心好亂。

回到家後，蜜雪兒阿姨已經在家裡了。兄妹三人挨在一起坐著，每個人的眼睛都是紅紅的。阿姨嘆了一口氣，早知道就不要讓他們同時許願，這下可好，三個人的願望都成真了，卻是讓親愛的爸爸媽媽消失。

「聽我說，這個咒語並不是不能解除，但在期限內一定要解開，否則就會變成永遠的黑死咒，誰都無法破解。」蜜雪兒阿姨拿出一個玻璃瓶和一個木盒，「玻璃瓶裡裝的是紙星星，每一顆星星都是一個謎，只要能從木盒裡找到正確的答案，這些答案就會帶你們去找寶物，當三樣寶物到齊，爸爸媽媽就會回來。」

「什麼寶物？要去哪裡找？」阿堅緊張的問。

「我不知道寶物是什麼，只知道寶物和你們每一個人都有很大的關係。」阿姨拉著他們三人的手，「無論如何，你們三個一定要同心協力才行，因為只有你們才能破解這個咒語。記住，阿堅的手機收到我的簡訊時，就是解謎時刻，千萬別耽擱。」

「阿姨……爸爸媽媽在哪裡？」威威擔心的問。

「他們被願之獸叼走了，不過，暫時不會有危險。只要你們每次都能破解謎題，阿姨就有更多機會追蹤到願之獸的下落。還有，他們消失的事絕不能跟任何人提起，否則世界會大亂。」

三兄妹點頭。

這時蜜雪兒阿姨的身子騰空了，小杏著急的問：「阿姨！你要走了嗎？」

「記住，無論遇到什麼事，你們要堅持下去，不能功虧一簣。」蜜雪兒阿姨慎重的說。

阿姨離開後，客廳陷入一片死寂，過了半晌，阿堅拿起玻璃瓶和木盒端詳著，「什麼樣的寶物才能把爸爸媽媽救回來？還有願之獸，那是什麼東西啊？」

「是古代的恐龍嗎？」威威猜測著。

「哥，阿姨要我們不能『功虧一簣』是什麼意思？」小杏忽然問。

「那是一句成語，表示一件事情快要完成的時候，卻差那麼一點而失敗。當初周武王滅掉商紂後，聲威很顯赫，各國都送來珍貴的禮物，其中有幾隻武王很喜歡的獒犬。大臣召公奭害怕武王會玩物喪志，就勸武王千萬不能鬆懈，才能讓國家長治久安，召公奭比喻當時國家的情況就像堆一座九仞高的山，只剩最後一筐土就能堆成，卻放棄了，那座山還是沒有堆起來。」阿堅解釋著。

「我懂了，就跟『半途而廢』一樣。為了把爸爸媽媽救回來，我們絕不能功虧一簣。」威威大聲的說。

功虧一簣

【時空入口】《尚書・旅獒》

嗚呼！夙夜罔或不勤。不矜細行，終累大德。為山九仞，功虧一簣……

【星星線索】堆一座九仞高的土山，因為差最後一筐土而不能成功。比喻事情不能堅持到底，只差最後的步驟而失敗。

【機會相同】半途而廢、前功盡棄

【命運相反】堅持不懈、善始善終

第二章

紙星星的謎題

背水一戰

背著水壺作戰？

嗶、嗶、嗶，阿堅的手機突然響起，蜜雪兒阿姨的解謎簡訊傳來了。三人戰戰兢兢的坐好，阿堅深吸一口氣，倒出第一顆紙星星。「答」的一聲，忽然有什麼東西被啟動，即使聲音那樣細微，卻擊中每個人的心。

阿堅用顫抖的手指剝開第一道謎，裡面是一行字，「背靠江河作戰，沒有退路。」威威歪著頭唸完句子。

「這意思是……爸爸媽媽在河邊吵架？」威威很認真的思考。

「小杏，快把木盒打開，阿姨說裡面有答案。」阿堅催促著。

小杏扳開盒蓋，盒裡放著一疊寫著字的木片，她把木片全都攤開在桌上。

「背靠江河作戰……是『背水一戰』嗎？」威威不假思索的用手指點住「背水

一戰」的木片。

忽然，從桌子底下傳來劈里啪啦碎裂的聲音，三人還在納悶的時候，桌面突然裂開，三兄妹毫無防備的全栽進黑洞裡面——「啊！」「救命啊！」「媽媽！」阿堅、小杏、威威害怕的大叫。

眼前一片闃黑，什麼都看不見。阿堅感覺身體就像自由落體一樣，失速的直往下墜，也不知道究竟跌到多深的地方。直到「碰」的一聲，像是跌在軟軟的墊褥上，他動動手腳，幸好沒事。

可是小杏和威威呢？阿堅在黑暗中緊張的叫喚他們。

「我在這裡！」小杏和威威同時大喊。

「是誰？」陌生的聲音大喝一聲。

怎麼會有別人？阿堅的寒毛都豎起來了。他什麼都看不見，只能到處亂摸，想趕快找到弟妹。這時他似乎抓住什麼，卻又被用力甩開。「再亂摸，當心腦袋落地。」那個聲音冷冷的說。

「唰」的一聲，眼前突然亮起來，小杏看到坐在地上的威威、一臉驚慌的哥哥，和一個穿著古裝的陌生人。

又是穿古裝的人和古裝的場景，小杏原以為會像「一諾千金」那樣，別人是看不見他們的，可是此刻看來似乎不是那麼一回事。

陌生人放下手中的打火石，警戒的按著桌上的長劍：「你們是誰？莫非是趙國派來的奸細？」

「叔叔，我們不是奸細。」威威童稚的聲音忽然冒出來，「我們是來找爸爸和媽媽的。」

陌生人打量著他們一會兒：「你們三個應該不是趙國人，倒有點像塞外番人。趕快離開這裡，明天就要開戰了。」

「開戰？叔叔也玩線上遊戲嗎？我哥哥最喜歡玩魔獸了。」小杏說。

「什麼遊戲？明天是決死戰，我韓信從不兒戲。」

韓信？聽到這個名字，阿堅彷彿想起什麼。

「韓叔叔，請問您見過我的爸爸和媽媽嗎？」威威繼續問。

韓信低下身看著威威，「這裡離井陘有三十里，三十里內都是我方部署的

人，你們的爸媽不會在這裡。」

「韓將軍。」忽然有人在外面喊著：「兩千名輕騎兵已準備好。」

「知道了。」韓信抬頭回應。

韓信、離井陘三十里、兩千名輕騎兵……阿堅不敢相信自己聽見了什麼。難道這就是「背水一戰」的場景？上學期才上過的歷史課，阿堅還很佩服韓信的謀略。

「韓將軍，你一定會打敗陳餘的。」不知是哪裡冒出來的勇氣，阿堅看著韓信說。

「你是一個孩子，知道什麼？」韓信有些訝異，他的聲音更深沉了。

「你為劉邦出兵，準備攻打項羽的附屬國趙國，兵力只有一萬人，但對方有二十萬大軍，並占據太行山以東的要地井陘口。」阿堅複述著故事：「趙國將軍陳餘明知道你一定會從井陘口的狹道通過，卻沒有接納謀士的建議，切掉你的後勤補給，把你困死在狹道裡。」

韓信的表情愈來愈嚴肅，但沒有出聲。

「因為陳餘認為雙方兵力懸殊，如不對戰，會讓諸侯看笑話。於是你將計就計，帶著軍隊前進井陘口，渡過綿蔓河後背水列陣。兩軍交戰時，你假裝害怕、逃回河邊，無路可退的士兵為了活命只好奮勇殺敵。陳餘陷入苦戰而決定先退回營區，沒料到你早趁兩軍對抗時派兩千名輕騎兵衝入趙營，把敵人的旗幟都換成漢軍的紅旗。趙軍發現陣地被攻陷而大亂，陳餘也戰死了。」阿堅自信滿滿的說完。他發覺上課認真聽講是有好處的。

「韓將軍，時間已到。」帷幕外又有人喊道。

「準備出發。」韓信盯著阿堅，眼神更堅毅也更光采。

「韓將軍。」阿堅把握最後機會，「雖然兵法上說列陣要背山面水，但你認為『陷之死地而後生，置之亡地而後存。』才是這場戰役制勝的關鍵。」

韓信微微一笑，把長劍繫掛在腰間，「我不知道你們究竟是誰？現在，趕快離開這裡，愈遠愈好。」

韓信大踏步走出去，整兵出發。等到外面安靜下來，阿堅才趕緊拉著小杏和威威起身。能去哪裡？阿堅不知道，但他明白，必須離開這裡。

才掀開帷幕，就被一股吸力緊緊的吸住，將他們吸進更深更黑的地方……

背水一戰

【時空入口】《史記．淮陰侯列傳》

信乃使萬人先行，出，背水陳。趙軍望見而大笑。平旦，信建大將之旗鼓，鼓行出井陘口，趙開壁擊之，大戰良久……

【星星線索】背著水，表示沒有退路。比喻與敵人決一死戰。

【機會相同】破釜沉舟、背城一戰

【命運相反】臨陣脫逃、退避三舍

巧奪天工
叫我第一名！

好安靜。

阿堅、小杏和威威以為又會掉進哪個地洞，沒想到竟回到了熟悉的客廳，裂開的桌面也恢復原狀。

這究竟是怎麼一回事？

威威忽然指著桌面大叫：「你們看『背水一戰』的字……」

木片上的字跡就像褪色一樣，一筆一劃的褪去，漸漸消失。

「是因為我們破解了謎題嗎？」小杏端詳著其他木片，「阿姨說的寶物又藏在哪裡呢？」

嗶、嗶、嗶、嗶。蜜雪兒阿姨傳來第二通簡訊了。阿堅拿起玻璃瓶，倒出紙星星。

「人工的精巧程度勝過天然。」阿堅唸出紙條上的字。

小杏眨著眼睛說：「我想，我應該可以猜出答案，因為學校編織比賽第一名的獎狀上就是那四個字：『巧奪天工』。」小杏碰了一下木片。

原以為桌面會再度裂開，三人全都緊貼著沙發坐好。只是，這次裂開的竟然是沙發，哇……

「哈啾！」阿堅冷不防打了個噴嚏。他捏捏鼻子，原來這次來到的是一座花園，他對花粉過敏。

匡噹！忽然有東西掉到地上。兄妹三人轉頭看，只見樹下站著一個舉著手，滿臉錯愕的女人。

「你們……」女人驚慌的看著他們。

好漂亮的阿姨啊！小杏在心裡讚嘆。雖然她看起來有點年紀了，但美麗姿色仍掩不住。

「漂亮阿姨，不好意思嚇到您了。我們是來找爸爸媽媽的。」好話威迅速的跑去撿起女人腳邊的梳子，再恭敬的還給她。

威威才轉身，就嚇得跌坐在地上，嘴巴一開一闔的，發不出半點聲響。原來樹梢上盤著一條嘴裡含著紅珠子的綠蛇。媽呀！他最怕這種軟軟黏黏的爬蟲類了。

「別怕啊。」女人彎下身溫柔的牽起威威的手，「牠不會咬你的！」

雖然有漂亮阿姨的保證，但威威連一秒鐘也不敢多待，趕緊躲回阿堅的背後。

阿堅捏捏發癢的鼻子，「阿姨，請問這是哪裡？這些花草都是您照顧的嗎？看起來很美呢！」

「你們是外地誤闖進來的吧！這裡是文帝曹丕的宮廷，我是他的妻子甄氏。」甄氏邊說邊對著懸掛在樹梢的銅鏡梳頭。

小杏觀察著甄氏繁複美麗的髮型，發現竟然和樹上綠蛇所盤繞成的形狀一模一樣。

「阿姨，您的髮型和牠……很像呢！」小杏指著樹上。

「是啊！」甄氏把梳子放下，「這是一條很特別的綠蛇，每天都會盤成不一

樣的形狀，我就按照著牠的姿態來梳頭。神奇的是，牠從來不會重複，宮裡的人都覺得這樣的髮型很特別很巧妙，精緻的程度更勝天然，便稱它作『靈蛇髻』。」

「哇，真好，希望我編織的時候也……呃……」小杏趕快把嘴巴閉住，她可不希望自己編織時有條蛇常相左右。

「真好？」甄氏聽完嘆了一口氣，對著銅鏡按了按眼角的皺紋，「這麼多年了，只希望大王可以體會我的用心。」

「大王不常來找您嗎？」阿堅問。

甄氏苦笑，沒有回答。

「宣！甄妃進宮！」花園外忽然有人喊著。

聽見大王宣自己進宮，原本落寞的甄氏瞬間容光煥發起來，她趕緊攏攏頭髮，讓髮型呈現最完美的形狀，並與兄妹道別：「大王找我了，真高興遇見你們，希望你們能快點找到爸爸媽媽。」

甄妃說完就快步離去。小杏看著她的背影，忽然感覺到莫名的離別愁苦，即使，這只是他們與甄氏的第一次見面。

因為她不知道，甄妃這次進宮竟是走進人生的終點。

「哥……蛇……蛇朝我們爬過來了……」威威嚇得大叫。

阿堅和小杏轉頭看時，綠蛇口中的紅珠子突然變成一道強烈的紅光，螫得他們三人只能閉上眼睛……

巧奪天工

【時空入口】 《葬書．外篇》

目力之巧，工力之具，趨全避闕，增高益下。微妙在智，觸類而長，玄通陰陽，巧奪造化。

【星星線索】 人工的精巧程度勝過天然。形容技藝高超精妙。

【機會相同】 鬼斧神工

【命運相反】 千瘡百孔、粗製濫造

煮豆燃萁

最愛的人傷我最深。

好刺眼！小杏睜開眼睛，發現自己就坐在餐桌旁，而解謎用的木片就排列在桌上。

同樣的，「巧奪天工」四個字正緩緩消失，直到不見。

小杏起身從冰箱拿出柳橙汁，分別倒入三個玻璃杯，「我覺得，甄妃看起來有點孤單。」

「應該是吧！」阿堅拿起杯子咕嚕的喝下一大口果汁，「記得在歷史故事中看過，甄妃嫁給曹丕時好像已經四十歲了，雖然長得很漂亮，但再美的容貌也禁不起歲月的消磨。後來，年輕的郭皇后取代了她在曹丕心中的地位，甄妃也就被冷落，最後還被曹丕賜死。」

小杏睜大眼睛，沒有說話。

「為什麼？」威威小口啜著柳橙汁，「甄妃那麼漂亮，為什麼老了就要賜死她？」

「就像你那些玩具啊，每次想買新的時候，總說新的比舊的更好玩。還不是一樣喜新厭舊！」阿堅故意糗他。

「哪有？我有時候還是會玩舊玩具啊。」威威不甘示弱。

小杏突然想起來，「我們老師說過，曹丕對弟弟曹植也不好。有一次還要曹植在七步之內完成一首詩，否則就要處死他。」

「哇！這個哥哥真可怕。」威威邊說邊偷瞄阿堅。

阿堅噗嗤笑出來，「喂！你怕什麼？你作得出詩來嗎？七百步也作不出來吧？」

「為什麼曹丕要弟弟在七步內作出一首詩呢？」威威轉頭問小杏。

「因為他討厭弟弟啊。他嫉妒曹植的才華，也嫉妒父親曹操的偏心。後來曹丕當上皇帝，有一天趁機把曹植抓來，命令他必須在走完第七步時寫成一首詩，否則就要處死他。曹植明知道哥哥是故意的，但皇帝說的話沒人敢反抗，只好認命。曹植每走一步便唸出一句詩，七步之內就完成了歷史上很有名的〈七步詩〉。當時曹丕聽了，覺得自己對弟弟太過分，就暫時免去曹植的死罪。那首詩是這樣寫的：煮豆燃……」

「我會背這首詩！」威威大聲唸出來：「煮豆燃豆萁，豆在釜中泣。本是同根生，相煎何太急。」他一邊背詩，一邊瞄了阿堅一眼。

「你知道這首詩的意思嗎？」阿堅問。

「不知道，老師只叫我們背起來，又沒解釋。」

「這首詩的意思是說：人們煮豆子的時候，是用晒乾的豆莖當柴火燒。鍋裡的豆子哭得很傷心，它不明白為什麼和它都是從同樣的根長出來的豆莖，如今竟要互相迫害。」小杏解釋著。

「曹植那時候一定很難過，不知道他會不會很想哭……」威威說。

「這首詩也可以用一句成語來代替，就是『煮豆燃萁』，比喻兄弟相迫，骨肉相殘。」阿堅補充。

「反正不管要煮豆子還是煮什麼，我不要我們變成曹丕和曹植那樣子！」威威大喊。

「我想，」小杏盯著咕嚕咕嚕叫的肚子，「我們還是先煮泡麵吃好了，好餓啊。」

煮豆燃萁

【時空入口】《世說新語．文學》

文帝嘗令東阿王七步作詩，不成者行大法。應聲便為詩曰：「煮豆持作羹，漉菽以為法，萁在釜下燃，豆在釜中泣，本是同根生，相煎何太急？」帝深有慚色。

【星星線索】比喻骨肉相殘。

【機會相同】兄弟鬩牆、骨肉相殘

【命運相反】讓棗推梨、同氣連枝

脣亡齒寒

嘴脣是牙齒的護衛隊。

連著幾餐，阿堅的美味泡麵再也變不出新花樣，而且冰箱和櫥櫃裡的食物都已經吃完。

「小杏、威威，不好意思，要借用你們的小豬了。」阿堅把自己的私房錢全都攤在桌上。小杏跑回房間拿出自己的撲滿，威威卻一直坐在椅子上，雙腳晃啊晃的，連動都沒動。

「威威，你的小豬呢？」阿堅問。

「小豬是長大以後要用的，爺爺奶奶和爸爸媽媽都說要好好存著，以後念大學就不用擔心……」威威鄭重其事的解釋。

「你怎麼這樣說呢？又不是拿錢去亂買東西，我們已經沒食物了。」阿堅耐

著性子說明。

威威歪著頭想了一下，「要不然先用你們的好了，等用完……」

阿堅瞪著他，「喂！你真的很惡劣耶！又小氣，又自私！」

「哪有？我是家裡最小的，爸爸媽媽也說過你們兩個大的要讓我一些。」威威任性的說。

看到威威一副事不關己的模樣，阿堅有些惱怒，「看吧，爸爸媽媽平時就是太寵你，把你寵上天，一天到晚裝小裝可愛，真的很討厭。」

「你才討厭，爸爸媽媽不在就欺負我，等他們回來我要跟他們說。」威威不甘示弱。

「小氣鬼，你去告狀啊！你最好當他們的面哭給他們聽，你不是最會這招了嗎？」阿堅再也忍不住。

「好啦，哥，威威不肯把錢拿出來就算了，我們省一點……」小杏試著緩和緊張的場面。

聽到小杏護著威威，阿堅一把火就上來，「你看你！爸爸媽媽寵威威也就算了，連你也跟他一國。只不過要他拿小豬的錢，就像要他的命一樣。如果連這個時候都還要讓他，那我幹麼管那麼多？反正爸爸媽媽也不是我一個人的，隨便你們好了，大家抱著撲滿餓死算了。」阿堅劈哩啪啦的把憤怒全都倒在小杏的身上。

「哥，你幹麼這樣說，我已經拿小豬出來了，是威威不肯！」小杏的臉都漲紅了。

「對啦對啦，都是我的錯好不好？是我害爸爸媽媽不見的……」威威哭起來，推開門衝出去。

「你去哪裡？」小杏大叫。

嗶、嗶、嗶。沒想到蜜雪兒阿姨的簡訊竟然在這時候傳來。

「不要管他了，反正他的錢才是最重要的東西。」阿堅寒著臉說。

他拿起玻璃瓶倒出一顆紙星星，唸出紙條裡的線索：「彼此依存，利害相關，像脣齒一樣。」

「像脣齒一樣……應該就是『脣亡齒寒』。」阿堅碰了一下木片，瞬間，冰箱

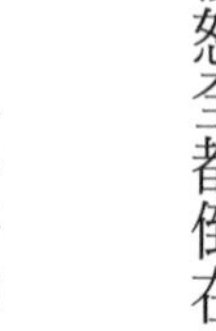

的門自動開啟，濃濃的白霧彌漫開來，整個世界一片白茫茫。

當白霧散盡，小杏聞到一股騷臭味，定睛瞧了瞧，幾匹高壯的馬被隔在一間間的木牆裡，原來是馬廄。這時，有人走近了，她和阿堅趕緊蹲下躲著。

「寡人實在捨不得這些駿馬。」一個渾厚的聲音說。

「大王，虢國滅了，虞國也不能獨存，美玉和駿馬只是暫時先放在虞國罷了。」另一個聲音說。

「好！寡人就聽你的，但千萬不能讓馬兒受傷。」渾厚的聲音接著說。

「大王請放心，臣用性命擔保，絕不會讓您失望。」

過了半晌，外頭已無動靜，小杏再也憋不住了：「好臭啊。」沒想到才起身，就嚇到正從馬廄外走進來的人。

「是誰？膽敢闖進大王的馬廄。」那人嚴肅的問。

「對不起，伯伯，我們不是故意要嚇您的，我們是來找爸爸媽媽。」阿堅趕緊趨前道歉。

那人打量著他們說：「你們的爸爸是圉人？」

圉人？「不是，他是臺北人，在廣告公司上班。」小杏解釋。

看著小杏一臉茫然的模樣，那人覺得好笑，「圉人是負責養馬的人。你們是從番邦來的吧，難怪聽不懂。」

「伯伯，請問您為什麼要用性命來擔保這些馬呢？」阿堅問。因為剛剛偷聽到的對話中，似乎有人很捨不得這些馬被送走。

「這些馬不過是個計策罷了。我們晉國國君獻公為了擴展領土，想去攻打旁邊的小國虢國，但晉虢兩國中間，還隔著小國虞國，為了讓晉國軍隊能直接借道虞國攻打虢國，我們願意奉上虞國國君最愛的寶玉和駿馬當成過路費。」

「聽起來好像是直接穿過別人家的客廳去找鄰居。」小杏似乎理解了什麼。

「沒錯，等我們把虢國滅了，回程時怎麼可能會放過虞國呢？到時候這些送出去的駿馬寶玉，還不是都拿回來了。」那人說著，哈哈大笑起來。

「原來如此，沒有了嘴脣的保護，牙齒也就很危險了。」阿堅明白了。

這時，小杏一個重心不穩，不小心撞開身後的柵門，直接踩到馬腳。馬受到驚嚇，嘶鳴中，高高舉起的前蹄直往小杏踩下去。

「危險。」阿堅迅速跨進柵門內，往馬匹身上撞去，想把馬撞開一些。

但他用力撞上的竟像是一堵牆，動也不動。救不到小杏了！他又急又痛的喊叫一聲：「啊！」

聲音未落，一道白光閃過……

脣亡齒寒

【時空入口】

《左傳．僖公五年》

宮之奇諫曰：「虢，虞之表也，虢亡，虞必從之。晉不可啟，寇不可翫，一之謂甚，其可再乎？諺所謂『輔車相依，脣亡齒寒』者，其虞、虢之謂也。」

【星星線索】

沒有嘴脣，牙齒就會寒冷。比喻關係密切，利害相關。

【機會相同】

休戚相關、覆巢之下無完卵

【命運相反】

渺不相涉、風馬牛不相干

四分五裂

東一塊、西一塊。

小杏輕輕挪動手腳，看看是否還有知覺。被那樣高大的馬狠狠踩下，手腳大概都斷了吧。然而，此刻的她卻連一點疼痛都沒有，這是怎麼一回事？

嗚……嗚……忽然傳來微弱的聲音，聽起來好像有人在哭？

不會吧？小杏很緊張，難道自己已經……她嚇得睜開眼睛，發覺自己就躺在沙發上，眼前的場景很熟悉，是客廳。

而沙發另一端的阿堅，也如大夢初醒般，他捏著肩膀，轉轉脖子，似乎想確定剛才那麼一撞，有沒有把骨頭都撞散。

嗚……嗚……啜泣聲還在繼續。小杏和阿堅困惑的互看一眼，不明白家裡怎麼會有哭聲？

阿堅起身尋找答案，小杏跟在後面，沒多久就發現蹲坐在牆角的威威。他抱著小豬撲滿，抽抽噎噎的哭著，單薄的身子看起來很可憐。

「威威。」小杏叫他。

威威抬起頭，看到阿堅和小杏，終於忍不住放聲大哭：「小豬給你們……我不要了……我不要小豬了……」

阿堅鼻頭一酸，他蹲下身幫威威把鼻涕眼淚擦去。

「你們不要丟下我一個人，拜託……不要丟下我……」威威哭得滿臉通紅。

「威威乖，沒有人要丟下你。」小杏心疼的用手梳理威威被汗濡溼的頭髮。

「我回來找不到你們……哪裡都找不到，以為你們不要我了……」威威吸著鼻子說。

「欸，我說你們三個，不是要你們同心協力嗎？怎麼會為了一點小事鬧成這樣？」蜜雪兒阿姨的聲音忽然出現。

三個人都嚇了一跳，這時才發現阿姨就坐在書架頂端。

蜜雪兒阿姨輕飄飄的降落到地面，「阿姨可以保護你們不被馬踢傷，但要把爸爸媽媽救回來真的只能靠你們三個了，了解嗎？」

三人不好意思的點頭。

阿姨拉著威威的手，「威威，你是家裡的一份子，沒有你，這個家就會缺一角，不完整了；但因為如此，你對這個家就有一份責任，知道嗎？哥哥要大家把小豬拿出來，就是為了讓這個家可以支撐下去。」

「我知道了，是我不對，我以後不會再這麼任性。」威威用力點頭。

「還有阿堅。」阿姨摟著阿堅的肩膀，「我知道這種時候很容易讓人心浮氣躁，但你是家裡的老大，一定要比小杏和威威更堅強、更多包容才是。」

「阿姨，我不應該隨便生氣的。小杏、威威，對不起。」阿堅說。

「你們一定要團結，不能再四分五裂了。」蜜雪兒阿姨嘆了一口氣。

「阿姨，我們只有三個人，怎麼會『四分五裂』？」威威數著手指頭。

「那是一句成語。」阿姨解釋：「戰國時期，爭霸天下的七國當中，秦國是最強的，為了統一天下，秦王想分化其他結盟的六國，於是派張儀出使魏國，希望說服魏王跟秦國合作。張儀對魏王說：魏國東臨齊國，西接韓國，南鄰楚

國，北接趙國，四邊根本沒有屏障，兵力又少於三十萬人，要是與其中一國交惡，四面受敵的魏國，被四分五裂是很容易的事。後來，六國因彼此利害不同，再加上秦國的挑撥離間，最後被各個擊破，而秦國也完成一統天下的霸業。『四分五裂』就用來形容分散而不完整、不團結的意思。」

「我們一定要團結，一定要破解咒語，一定要打敗願之獸才行。」小杏下定決心，「還有，我要謝謝哥哥剛才不顧危險救了我一命。」

四分五裂

【時空入口】《戰國策．魏策》

魏南與楚而不與齊，則齊攻其東；東與齊而不與趙，則趙攻其北；不合於韓，則韓攻其西；不親於楚，則楚攻其南。此所謂四分五裂之道也……

【星星線索】分裂成很多塊。形容分散而不完整、不團結。

【機會相同】支離破碎、土崩瓦解

【命運相反】完整無缺、團結一致

第三章

蒐集三樣寶物

量入為出

連一塊錢都要計較。

經歷這次的風波，兄妹三人又和好了。小杏很開心，因為她感覺彼此之間似乎更緊密。尤其阿堅說要召開家庭會議，這讓她和威威更清楚自己的責任。畢竟，爸爸媽媽不在的這段日子，真的只能靠自己，不能再像以前一樣茶來伸手、飯來張口，什麼事都不管。

阿堅把蜜雪兒阿姨留給他們的生活費和大家的零用錢重新做了分配。「從現在開始，我們要節省一點，不能亂花錢，連一塊錢都不能浪費。」阿堅在筆記本上分項列出生活支出。

「等爸爸媽媽回來，我一定要吃五份，不，十份快樂兒童餐。」威威看著筆記本說。

「十份？你以為在參加大胃王比賽啊。」小杏糗他。

嗶、嗶、嗶，阿堅的手機收到蜜雪兒阿姨的簡訊了。

「來吧，為了讓威威快一點吃到十份快樂兒童餐，我們要認真解謎了。」阿堅拿起玻璃瓶，倒出一顆紙星星。

「根據收入來斟酌開支。」阿堅唸出星星裡的文字，「咦，這不就是我們現在的情況嗎？」

當阿堅的手指頭觸碰到「量入為出」的木片剎那，三個人的椅子開始旋轉起來，就像遊樂場裡的旋轉咖啡杯，而且速度愈來愈快。兄妹緊抓著椅子邊緣，深怕被甩出去，頭暈想吐的感覺也愈來愈明顯……

「嗯……好想吐啊。」旋轉終於結束，阿堅想起身，可是頭暈的感覺讓他差點摔倒。

「哥，你還好吧？」小杏和威威擔心的看著阿堅，他們兩個恢復得比哥哥還快一些。

阿堅撐住身子，卻不小心把桌上的竹簡全部掃到地上，劈里啪啦發出一陣聲響。

這時剛好有人推門進來，乍見突然出現的三人，愣了一下。「你們是誰？怎麼會跑到我的書房？」

「伯伯，不好意思，我們是來找爸爸媽媽的。」威威的娃娃音常常可以緩和緊張的局面。

「這裡是我的書房，你們的爸媽不會在這裡。」那人看到散落一地的竹簡，不自覺的皺皺眉頭。

「對不起……我不是故意打翻的。」阿堅彎下身把竹簡撿起來，小杏也幫忙收拾。

「算了，反正這些竹簡沒什麼用處了。」那人嘆了一口氣。

「為什麼？」小杏看到竹簡上整齊的刻痕，猜想那應該是古時候的文字，在歷史課本中見過類似的圖片。

「明帝曹叡繼位後，不像祖父曹操和父親曹丕一樣深謀遠慮，反而大興土木，建造宮殿，過著奢侈的生活。但此刻天下三分，國家尚未統一，戰爭也還

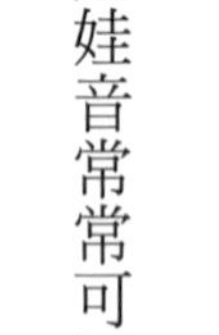

沒結束，要是明帝再不正視這些問題，國家不僅會衰敗，更遑論天下大業。」那人翻看著竹簡，「在這些奏章中，我分析了當前的局勢，將國家財務狀況明確的統計出來，並根據收入定下支出的限度。只是，明帝不肯接納我的建言，如今政權腐敗，我再也無能為力。」他的聲音愈來愈小聲。

「伯伯，您一定很辛苦。」威威同情的說。

「身為軍師，就是要為國君找出正確的方向，只可惜我衛凱再也無法為國家效力……」那人苦笑著，轉身從書架上取出打火石。

兩石互撞，只見火苗從堆放的木簡中竄出，在白茫茫的煙霧繚繞中，三人再也看不清楚那個落寞的身影。

量入為出

【時空入口】《禮記・王制》

五穀皆入，然後制國用……以三十年之通制國用，量入以為出。

【星星線索】依據稅收的多寡來制定支出的限度。即根據收入來斟酌開支的意思。

【機會相同】精打細算、開源節流

【命運相反】寅吃卯糧、捉襟見肘

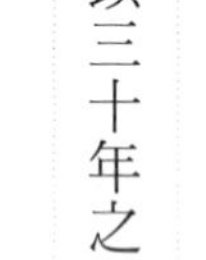

螳螂捕蟬，黃雀在後

顧前也要顧後。

威威揉揉被煙薰得睜不開的眼睛，好不容易才舒服一些。

「遇到愛亂花錢的人，真的很傷腦筋。幸好我們三個都沒有這種壞習慣。」小杏說。

「嗯，在爸爸媽媽回來之前，不，連他們回來以後，我們還是要繼續『量入為出』，免得變成窮光蛋。」說到錢，威威可是很精明。

嗶、嗶、嗶，蜜雪兒阿姨的簡訊又傳來了。阿堅從玻璃瓶裡倒出一顆紙星星，威威用小小的手指頭拆開，大聲唸出上面的字：「做事只看眼前的利益，卻不顧身後的危險。」

小杏看見紙條上還有一行很細小的字，跟著唸出來：「包含三種動物。」

「動物？」威威認真的想，「豬嗎？還是雞？熊？或者是老虎？」

「三種動物……我想答案應該是這個。」阿堅碰了一下「螳螂捕蟬，黃雀在後」的木片。

瞬間，電視櫃的抽屜逸散出綠色的光，他們手牽手一起衝過去。

穿過綠光，他們落在柔軟的草地上，看見一座美麗的大花園，以及一個瞪大眼睛看著他們的年輕人。那人的衣服都溼了，看起來挺狼狽的，卻是一個長相俊秀的大男生。

他用手上的彈弓指著他們，「你們從哪兒來的？這裡是大王的花園，不是小孩子來的地方。」

「那你在這裡做什麼？」威威問。

小杏關心的跟著問：「你的衣服都溼透了，不冷嗎？」

年輕人嘆了口氣，告訴他們，他是個無足輕重的小官，他的大王是吳王，打過好幾次勝仗，享受到勝利的滋味後，不願停止，這次準備出兵攻打楚國。

「楚國可是強國，打起來不一定會贏。而且，說不定別的國家早就對吳國虎

視眈眈！」阿堅插嘴。他最愛聽歷史故事，知道這些國家的恩怨。

「可是，大王不聽勸告，還說敢上諫言的人，就處死。唉，我已經在這裡站三天了。」年輕人無奈的說。

「你站在這裡有什麼用呢？」小杏還是很擔心他的溼衣服，並且覺得他的臉色很蒼白。

忽然，有人大喊：「大王駕到！」年輕人神經緊繃起來，囑咐小杏他們一定要躲好，別被發現。他說：「我的成敗就在此一舉了。」

吳王大步走過來，看起來很威嚴的樣子。他問年輕人：「聽說你在這裡站了三天，衣服都讓露水浸溼了，到底是為了什麼？」

年輕人恭敬的回答：「花園裡有棵樹，樹上的蟬在高高的地方，一邊發出鳴叫聲，一邊喝著露水。牠沒料到背後有一隻螳螂，螳螂正一心一意要捕捉蟬，卻沒想到在牠身後還有一隻黃雀鳥，伸長了頸項準備啄食螳螂呢。黃雀好像快要成功了，可是，牠沒看見我正拿著彈弓，準備隨時將牠射下來。」

威威突然湊到阿堅耳邊，輕聲說：「他的彈弓是沒有橡皮圈的耶！」

兄妹三人的眼睛全都盯著那把彈弓，不明白這要怎麼射黃雀鳥。

「你應該還有話要說吧？」吳王的神情看起來比較和悅了。

「這三種動物，都是只看見眼前利益，不顧身後的危險啊。」

吳王像在想些什麼，忽然微笑了，指著年輕人，「你，跟我來！」

年輕人跟著吳王離開時，偷偷瞄了一眼阿堅他們躲藏的地方，彷彿確定他們躲好了，自己才能安心。

小杏蹲著，抱住雙腿，她問：「哥！吳王不會殺了這位大哥哥吧？」

「我覺得不會耶！大哥哥都在說好話，說好話是不會讓人生氣的啊。」威威搶著說。

這時年輕人跑進花園，好像在找人，他們三人立刻起身迎上去，「你沒事吧？」

年輕人的臉色變得紅潤，笑得像一朵向日葵，「大王宣布不攻打楚國了，全國上下歡欣鼓舞，終於可以過著和平的生活！對了，謝謝你們關心我，像我的朋友一樣，有什麼需要我幫忙的，請說吧。」

「謝謝你。」阿堅笑著搖頭，但隨即又想起什麼，「對了，請問你有聽過『願之獸』嗎？」

「願之獸？」年輕人拿著彈弓抓抓腦袋思忖著，「我沒聽過，不好意思，沒能幫上你們。如果不嫌棄的話，這是我自己削的彈弓，就送給你們當作幸運物，它曾經阻止一場戰爭，希望也可以帶給你們好運……」

「謝謝。」阿堅才剛接過彈弓，花園裡驀的起了大風。風勢來得如此強勁，一下子就把他們三個人捲上天空。

螳螂捕蟬，黃雀在後

【時空入口】《莊子・山木》

睹一蟬，方得美蔭而忘其身；螳蜋執翳而搏之，見得而忘其形；異鵲從而利之，見利而忘其真……

【星星線索】螳螂欲捕蟬而不知黃雀在後。形容眼光短淺，貪圖眼前的利益而不顧後患。

【機會相同】見得忘形

【命運相反】瞻前顧後

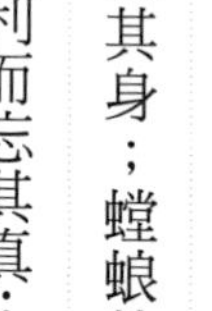

乘風破浪
假獅子打敗真大象。

「姊……姊，已經降落了。」威威搖著小杏的肩膀。

像被人從睡夢中叫醒一樣，小杏恍惚抬起頭，發覺自己呈大字狀趴在客廳的地板上，阿堅則在旁邊偷笑。

不是才剛飛上天嗎？怎麼那麼快就回到家了。小杏還沉浸在飛翔的興奮中，「原來當一隻鳥真的很棒。」

阿堅搖搖頭，「與其飛上天，我覺得待在水裡比較好玩。」

「才怪，飛起來和沉下去都可怕。」威威心有餘悸的說。

「啊！我忘記有人到現在連水母漂都還漂不起來呢。」阿堅故意拍拍頭，假裝想起什麼。

威威學一陣子的游泳了，但到現在還是攀著池邊不敢放手，就怕溺水。

「誰說的？」威威大聲說：「等我哪天學會游泳了，你一定游不贏我。」

看著阿堅和威威鬥嘴，小杏覺得好笑。

其實兄妹三人當中，她的泳技最好，從水母漂到蛙式，只花了半天的時間就游得跟魚一樣，到處鑽來鑽去，一點都不害怕。

「倘若剛才的風再大一些，說不定就可以飛得更高。」小杏張開雙臂，想像著高飛的模樣。

「我想我們家最適合乘風破浪的人，非小杏莫屬。」阿堅說。

「『乘風破浪』？為什麼要把海浪打破啊？」威威一臉狐疑。

阿堅擺擺手，「不是把海浪打破，我是用這四個字去形容上天下海的感覺。其實，『乘風破浪』是一句成語，本意是說順著風，破浪前進。後來比喻志向遠大，不怕困難，勇往直前的意思。」

「我讀過這個成語故事。」小杏搶著說：「那是南北朝宗慤的故事。宗慤從小就跟其他孩子不一樣，他喜歡讀兵書、練武功，說長大以後要乘長風、破萬

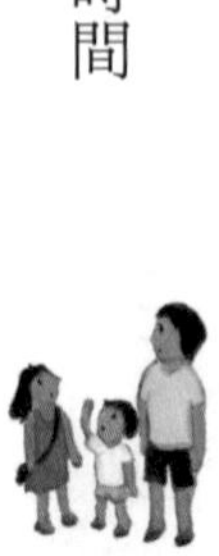

里浪，做一番大事業。但當時天下太平，沒有戰爭，大家都覺得這只是不想讀書的藉口。宗慤長大後，因本領高強被皇帝封為振武將軍，有一次奉命攻打南方叛變的林邑國，林邑國竟然用大象當先鋒，敵軍就躲在大象的後面偷襲。幾次對戰後，宗慤遲遲無法獲勝。有一天，他靈機一動，叫士兵做了一批會搖頭擺尾的假獅子當作祕密武器，沒想到大象真的被這批假獅子嚇到了，全都往後退，踩死了不少跟在後面的士兵。宗慤趁敵軍潰敗，一舉打敗林邑國，實現了小時候說要乘長風、破萬里浪，做一番偉大事業的夢想。」

「哈！能想到用假獅子來嚇大象的妙計，宗慤真聰明！」威威讚嘆著。

「是啊，而且他從小就立定目標，並朝著夢想勇往直前，讓人很佩服。」阿堅說著往沙發一靠，有東西頂住了他的腰。他轉頭看，竟然是那把沒有橡皮圈的彈弓，「咦？這是春秋時代的東西，我們竟然把它帶回來了。」

小杏的眼睛都亮起來，「難道這就是阿姨說的三樣寶物之一？」

阿堅盯著彈弓思考著，「這個東西真能把爸爸媽媽救回來嗎？」

乘風破浪

【時空入口】《宋書・宗慤列傳》

宗慤字元幹，南陽人也。叔父炳，高尚不仕。慤年少時，炳問其志，慤曰：「願乘長風破萬里浪。」

【星星線索】乘著長風破浪前進。比喻志向遠大，不怕困難，奮勇前進。

【機會相同】乘風鼓浪、長風破浪

【命運相反】胸無大志、裹足不前

請君入甕

自己挖洞自己跳。

啊！啊！突然連著兩聲尖叫，接著是兩個迅速跳到沙發上的身影。

阿堅也被嚇了一跳，不自覺的縮起雙腳。

「怎麼了？」他緊張的問。

「有蟑螂！」小杏和威威同時大喊。

「蟑螂？在哪裡？」阿堅將腳抬得更高了。

「剛剛從我和威威的腳邊跑過去。」小杏驚魂未定。

威威緊緊抱住雙腳：「哥，你去消滅牠好不好？」

阿堅故作鎮靜的低頭看了一下，桌子底下空無一物，感覺更可怕了。這表示蟑螂正潛伏在他們看不見的地方。

「我……想想該怎麼辦好了。」阿堅小聲說。

其實，他不知道該怎麼辦，因為他也怕蟑螂，尤其是會飛的那種。

小時候，有一次在半夜時分，阿堅忽然感覺到臉上有東西在爬，輕輕的，就像在搔癢。他以為在作夢，因為當時正夢到全家一起去郊外野餐，他躺在藍天白雲下的草地上，微風撫過，小草輕輕的拍著他的臉頰，好不愜意。

直到搔癢的感覺從臉頰滑到了脖子上。阿堅覺得有點癢，伸手抓了抓，結果，竟然抓到一個小東西。半夢半醒間，他扭開檯燈一看，哇！驚天震地的一聲尖叫把大家都嚇醒了。爸爸媽媽和小杏全都趕過來看，只見阿堅顫抖的指著那隻貼著牆面的大蟑螂。

從此，這種六隻腳的紅褐色昆蟲就變成他的剋星。

那次英勇消滅蟑螂，讓他可以安心入睡的是爸爸。

他也曾見到穿著美麗套裝的媽媽，用拖鞋擊斃蟑螂的經典畫面。

「媽，你不怕蟑螂喔？」他好奇的問。

「以前還沒結婚的時候，什麼都怕啊。現在當媽媽，好像什麼都不怕了！」

媽媽一邊微笑著說，一邊用衛生紙捏住肚破腸流的蟑螂屍體。

可是現在，不怕蟑螂的爸爸媽媽消失了，小杏和威威也嚇得哇哇叫，該怎麼辦呢？

阿堅不知道該怎麼辦，但他是家裡的老大，照理說，這個問題應該由他來解決才是。

「有一次我在洗澡，忽然有一隻蟑螂從馬桶上爬過去，嚇死我了。」威威說。

「我想起來了。你那次光著身體從浴室衝出來，媽媽還以為發生什麼事。看到是蟑螂，拿起拖鞋劈里啪啦打兩下，蟑螂就扁掉了，身體還流出白白的東西，很噁心。」小杏回憶著當時緊張的場面。

「對呀，媽媽很厲害，她跟爸爸一樣都不怕。我還看過蟑螂在飛，結果爸爸捲起報紙用力一打，當場就把蟑螂打掉在地上。」威威比劃著。

聽著小杏和威威不停的敘述，阿堅什麼話都插不上。

他忽然強烈的想念爸爸媽媽，只要他們在，說不定來一百隻蟑螂，也算不了什麼。只是，剛剛的那一隻，什麼都沒看見的那一隻，就已經讓他傷透腦筋。

「哥，我們可以買蟑螂屋，讓牠自己爬進去。」小杏提議著。

這天上掉下來的好建議，讓阿堅彷彿吃了一顆定心丸，他不假思索的點頭附和：「等一下我們就去買蟑螂屋，來個請君入甕。」

「請君入甕？是那個做一個甕，騙朋友進去的故事嗎？」威威接著說，像是發現新大陸似的。

「威威知道這個故事？」小杏問。

「知道啊，媽媽說過。好像是在武則天的時候，當時有兩個很壞的官吏叫來俊臣和周興，他們常常想出各種酷刑去折磨別人。有一次，武則天把一封密告周興想謀反的信交給來俊臣調查，來俊臣趁午餐時問周興說：『有一個人不肯承認自己想叛變，你覺得用什麼辦法去對付他才好呢？』周興聽完大笑：『那還不簡單，就把他裝到大甕裡，底下用柴火燒，他一定會認罪的。』沒多久，來俊臣請人做了一個大甕，等布置完成，就對周興說：『有人控告你謀反！我奉命調查，請君入甕吧！』」威威一口氣說完。

「不簡單喔！沒想到威威對這個故事那麼熟悉。」小杏接著問：「那你知道這句成語的意思嗎？」

威威想了一下說：「好像是說用他整別人的方法來整他自己。」

「沒錯，就是以其人之道，還治其人之身。」阿堅說：「那隻蟑螂躲在家裡嚇我們，我們就去買一間專屬牠的蟑螂屋，讓牠好好享受享受。」

請君入甕

【時空入口】《新唐書．酷吏傳》

興曰：「易耳，內之大甕，熾炭周之，何事不承。」俊臣曰：「善。」命取甕且熾火，徐謂興曰：「有詔按君，請嘗之。」興駭汗，叩頭服罪……

【星星線索】比喻以其人之法，還治其人之身。

【機會相同】自作自受、作法自斃

阮囊羞澀

布袋為什麼這樣害羞呢？

出門前，小杏拿出兩個自己做的編織袋，一個放玻璃瓶、一個放木盒。她把其中一個編織袋交給阿堅，另一個自己揹著。威威看了老半天，攤開雙手等著，「那我呢？」

「你呀？不用啊，我和小杏拿著就可以。」阿堅說。

小杏記得有一次全家去看電影，當時年紀還小的威威堅持要幫大家提剛買好的零食。結果進到電影院後，才發現那袋零食早已不見蹤影，連什麼時候搞丟的也不知道。

「人家想幫忙。」威威悶悶的說。

「那……這個購物袋讓你拿。」阿堅把購物袋塞到威威手中。

只是威威仍盯著哥哥姊姊身上的編織袋，欲言又止。

小杏明白了，她轉身回房裡再拿出一個編織袋，把彈弓裝進去後讓威威背著。「威威背著的彈弓，可能就是救爸爸媽媽回來的寶物，一定要保護好，知不知道？」

「知道，我一定不會搞丟的。」威威拍胸脯保證。

阿堅和小杏相視苦笑，暗示對方一定要顧好威威身上的袋子，絕不能有什麼閃失。

兄妹三人憑記憶搭公車去大賣場，途中下錯站還迷了路，幸好有好心人幫忙指點方向，折騰大半天終於到達目的地。

「如果可以坐媽媽的車就好了，不用那麼累。」威威說。

「是啊，如果媽媽在就好了。」小杏嘆了一口氣。

進到大賣場後，阿堅推著車，小杏和威威跟在旁邊。

「家裡沒餅乾了。」小杏搬來一堆餅乾。

「我找到QQ軟糖了，有蘋果口味、水蜜桃口味。還有棉花糖。」威威也抱

來一堆零嘴。

「家裡沒果汁和可樂了。」阿堅拎來兩桶家庭號果汁，又放進一箱可樂到推車裡。

走到冷藏區時，威威在低溫中發抖，「哇，好冷喔。哥，記得拿焦糖布丁和冰淇淋。」

幫威威拿到他想要的冰品後，阿堅也覺得冷，便趕緊推車離開。「這裡的冷氣還真強。」

等到大家把想要的東西都找齊，才發現推車裡已堆滿物品，都快推不動了。在前往結帳櫃臺的途中，小杏突然拉住推車。「我想，應該不用買那麼多餅乾。」她只留下最便宜的蘇打餅乾和夾心餅乾，其他單價較高的都抱回去放。

阿堅起先不理解小杏的舉動，但後來明白了。

他推著推車往回走，把所有的飲料都放回架上，「喝白開水比較健康。」之後也將威威的零食全擺回去，推車裡只剩下白米、泡麵、罐頭和奶粉，以及蟑螂屋。

「為什麼把我的東西放回去？我想吃啊。」威威嘟著嘴說。

「其實，我們三個人的錢再加上蜜雪兒阿姨留給我們的，並不算多，如果像以前一樣想買什麼就買什麼，也許在爸爸媽媽回來之前，我們就沒錢吃飯了。」阿堅解釋。

「QQ軟糖又不貴。」威威小聲說。

「是不貴，但在爸爸媽媽回來之前，一塊錢都不能亂花。」小杏也說話了。

「好吧！」威威聳聳肩表示放棄，可是眼神仍然忍不住飄向零食區。

「沒想到爸爸媽媽不在家，我們就真的阮囊羞澀了。」阿堅推著推車前進。

「那是什麼意思？」小杏問。

阿堅指著前方的圖書區，「去翻翻成語辭典吧。」

小杏拿起辭典，拼出注音，「ㄖㄨㄢˇ……ㄋㄤˊ……是這個『阮囊羞澀』嗎？」

阿堅點點頭。

小杏翻到標示的頁面，和威威一起閱讀：「東晉時，竹林七賢之一阮咸的兒子阮孚，雖然很有才華，但整天飲酒作樂，不務正業，過著自由卻貧窮的日子。

有一天，他去會稽山遊玩，身上背著一個黑色袋子，別人問他袋子裡裝的是什麼，他回答：『袋子裡裝的是一文錢，因為空空的話，怕袋子會不好意思。』『阮囊羞澀』這句成語就是由此演變而來的，形容自己貧困窘乏，一無所有。」

「只剩一文錢，真可怕，我才不要那麼窮。」威威說完就彎下身檢視推車裡的商品，然後對哥哥姊姊說：「我剛剛好像瞄到袋裝泡麵比碗裝還便宜，要不要拿回去換？」

阮囊羞澀

【時空入口】《韻府群玉．一錢囊》

阮孚持一皂囊遊會稽。客問：「囊中何物？」曰：「但有一錢看囊，恐其羞澀。」

【星星線索】形容自己貧困，一無所有。

【機會相同】囊空如洗、身無分文

【命運相反】家財萬貫、腰纏萬貫

鑿壁偷光

偷光，要不要抓去關啊？

換完泡麵後，兄妹來到衛生紙區，阿堅的手機卻在此時響起蜜雪兒阿姨傳來的簡訊鈴聲。

「在這裡解謎？」小杏緊張的看看四周。

「沒時間趕回家了。」阿堅靠著牆坐下，從編織袋裡拿出木盒。

小杏坐在旁邊，拿出玻璃瓶倒出一顆紙星星，打開來唸出上面的字：「形容家貧而讀書刻苦。」

「這是什麼意思？」威威挨著阿堅坐下，盯著他手上攤成扇形的木片。

阿堅碰到威威的手臂時，發現上面布滿了雞皮疙瘩，「咦，威威你很冷嗎？」

「現在還好……哈——啾——」威威打了大噴嚏，「剛剛在冷藏區的時候是有

點冷。」

「我們解完謎就趕快回家。」阿堅說：「現在專心想一想，如果家裡很窮，又想讀書該怎麼辦？」

「跟別人借書。」小杏直覺的回答。

「可是這些木片上並沒有書這個字，所以不是借書……咦？這個上面寫偷光，為什麼要偷光？」阿堅百思不解。

「我知道了！」威威興奮的說：「因為他們家沒錢繳電費，電被切斷，所以要偷借隔壁人家的燈光來看書。」

阿堅和小杏轉頭看威威，兩個人的臉上都露出奇異的笑容。

「果然是威威，只要跟錢有關的事，問他就對了。」阿堅繼續說：「沒錯，應該就是『鑿壁偷光』。」他抽出這張木片。

剎那，三人靠坐的牆壁忽然裂開，猝不及防，全都向後翻倒在黑洞中……

幸好只是翻倒在地，並不是摔進無底洞。

兄妹三人準備翻身爬起來時，只見昏暗的前方，有個男孩驚訝的回頭看著他們，手上還握著一把小刀，全身姿勢僵硬，像是被嚇到。

「不……不會吧……我鑿的是這面牆，怎麼是另一邊的牆裂開呢？」男孩不可置信的說。

「不好意思，嚇到你了。」阿堅趕忙起身。

「哥哥，你鑿牆壁是為了掛東西嗎？」威威走近一些，仰頭看著牆面上透出些微光亮的小洞。

小杏看著已經鑿穿的小洞，驚訝的叫起來：「你想偷看別人家？」

聽到小杏這麼說，男孩的頭搖得像波浪鼓，極力否認，「不是，不是這樣的，你誤會了。我不是要偷看人家，只是想跟他們借點燭光來看書。我是不得已才這麼做的。」

男孩說完，趕緊從牆邊拿起竹簡來證明自己的清白。

「你沒有錢買檯……沒有錢買蠟燭嗎？」威威一邊吸著鼻水一邊問。

「我連吃飯的錢都沒有了，怎麼買得起蠟燭？」男孩珍惜的撫著手上的竹簡：「幸好有好心人願意借我這些書。」

「你可以在白天看書啊，晚上在這麼暗的地方讀書，眼睛會壞掉耶。」小杏環視著昏暗的四周。

「白天要耕種，沒辦法看書。」男孩翻看著竹簡，「每次想到這些書要十天半個月才能讀完，而且還有那麼多書沒讀過，心裡就很著急，所以想趁晚上休息的時間多讀一點，只是我沒錢買油點燈……直到剛剛在默背書時，發現牆壁縫隙竟然透出微光，我想，如果縫隙再大一點，就有光線可以讀書了。」

「哥哥，你是我見過最用功的人。」威威誠心的說：「將來一定會成功的。」

男孩微笑著：「謝謝你，但我現在只希望能多讀一點書。」

這時，從縫隙透出的微光突然大亮，整個空間就好像被照相機的鎂光燈閃過一樣，讓他們再也看不見彼此。

只有一個聲音遠遠的傳進兄妹三人的耳朵，「我叫匡衡，你們呢？」

鑿壁偷光

【時空入口】《西京雜記》

匡衡勤學而無燭，鄰捨有燭而不逮，衡乃穿壁引其光，以書映光而讀之……

【星星線索】漢代匡衡鑿穿牆壁，藉著鄰家燭光讀書。後比喻刻苦勤學。

【機會相同】囊螢映雪、懸梁刺骨

【命運相反】一暴十寒、玩歲愒日

害群之馬

不守規矩的馬。

大家眨眨眼睛，從近似全盲的感覺中漸漸恢復。

「原來他就是匡衡啊，我記得他後來成為一個偉大的學者，還當到宰相呢。」阿堅推著推車前往結帳區。

經過熟食區時，一陣香噴噴的烤雞味道傳來。三人嗅聞著烤雞香，口水都要流出來了。尤其在吃了幾餐阿堅的特製料理後，這個香氣實在是太吸引人了。

「好香啊！」威威像著魔似的往烤雞的方向走去。

「威威，回來。」小杏叫他，但腳步也跟著移動了。

阿堅吞著口水，一直叫自己要理智。可是，眼睛怎麼也離不開那些在烤箱裡轉啊轉的金黃色烤雞。不知怎麼的，手中的推車也拉著他投奔而去。

在暈黃的燈光中，一隻隻烤雞安靜卻誘人的旋轉著，偶爾還滴下透亮的油脂。烤箱外，三雙眼睛直盯著金黃色雞身，每旋轉一次，嘴巴裡的口水就洶湧一次，快要氾濫。

「弟弟，買一隻香噴噴的烤雞吧，剛出爐的，汁多味美很好吃喔。」販賣部阿姨慫恿著。

威威眨眨眼睛，拚命吸著鼻水和口水。他告訴自己千萬忍住，絕不能讓「買」這個字脫口而出。

小杏也是，她從不知道自己竟然會這麼渴望吃烤雞。以前媽媽也買過，但她只對啃雞翅膀有興趣，如今，要她吃完一整隻雞也沒問題。

阿堅則陷入要不要買烤雞的天人交戰當中。買的話，他們的錢就會更少了；不買的話，大概今晚的夢裡面都是烤雞。

「我們先開個家庭會議，討論要不要買烤雞。」阿堅把小杏和威威拉到旁邊。

聽到哥哥這樣問，小杏和威威都很興奮，但兩人卻沒有點頭或搖頭，因為不想讓自己先破壞省錢的規定。

「我想，既然我們這麼想吃烤雞，只要能提出買烤雞的好處大於壞處，我們就買好不好？這跟誰是害群之馬沒有關係。」阿堅覺得這是個好辦法。「我先說壞處，錢會少一點。」

「好處是可以補充營養，我不想再吃火鍋料煮麵或是罐頭配飯配麵了。」小杏說。

「還有，不會浪費。我們先把烤雞分成三等份，一天吃一些就可以吃三天，最後還可以把雞骨頭熬湯，這樣就有雞湯喝。」威威提出一雞二吃的建議。

「好，提案通過。」阿堅提出結論，這是兄妹三人最有默契的一次。

在回家的公車上，三個人擠在最後面的位置，心裡都是喜滋滋的，想到回家就可以吃烤雞，真是太棒了。

尤其是負責提烤雞的威威，烤雞的熱度隔著紙袋溫溫的傳遞到他的大腿上，簡直就像在冷天泡溫泉一樣舒服。

「對了，哥哥，你剛剛說的海裙芝麻是什麼意思？是配烤雞的小菜嗎？」威威記得以前吃過海帶芽撒上芝麻的小菜。

「海裙芝麻？小菜？」阿堅愣了一下，「不是啦，我是說『害群之馬』，意思是危害大眾的人，這句成語是四千年前黃帝的故事呢。有一天，黃帝想去探望朋友，結果迷路，他就向在附近放馬吃草的牧童問路，沒想到這個牧童不僅知道方向，連黃帝朋友的住處都知道。黃帝想，牧童懂這麼多，就隨口問他怎麼治理天下？牧童笑了笑回答：『治理天下和管馬差不多吧，只要把危害馬群的壞馬趕出去就行了。』黃帝聽了非常佩服，便尊稱牧童為天師。『害群之馬』這句成語就是從這裡演變而來的。」

「從牧童變成天師，好酷啊！不知道黃帝有沒有請牧童吃大餐？」威威滿腦子都是食物。

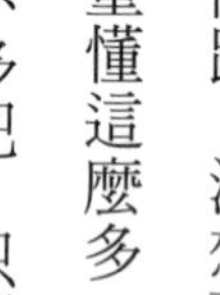

害群之馬

【時空入口】《莊子．徐無鬼》

小童曰：「夫為天下者，亦奚以異乎牧馬者哉？亦去其害馬者而已矣。」

【星星線索】危害馬群的劣馬。喻指危害團體的人。

【機會相同】城狐社鼠

雪中送炭

送你一些溫暖。

威威還在猜黃帝會請牧童吃什麼的時候，突然，阿堅的手機傳來阿姨的簡訊鈴聲。

兄妹都嚇了一跳，沒想到竟然要在公車上解謎。

「要是坐在馬桶上時收到簡訊，該怎麼辦？」威威吸著一直流不停的鼻水。

阿堅和小杏則忙著把玻璃瓶和木盒取出來，沒人想回答威威的問題。

在搖搖晃晃的公車上，小杏倒出一顆紙星星，唸出裡面的線索：「比喻在人艱困危急之時，給予適時的援助。」

大家盯著木片找尋答案。

「是『雪中送炭』嗎？下雪時送木炭給人家升火取暖。」小杏猜測著。

「木炭？是烤肉用的那種嗎？」威威想到的還是食物。

「等一下再想烤肉。」阿堅沒好氣的說。

「應該就是小杏說的『雪中送炭』。」阿堅抽出木片。

忽然，三個人的座椅像被用力往下扯一樣，如同遊樂場裡急速下降的大怒神，還來不及反應，就被重重的帶入深不可測的黑暗中……

「好冷。」阿堅打著哆嗦。

天寒地凍中，小杏和威威都受不了，只能緊緊貼著阿堅。

「我……我們是來……來到北……北極了嗎？」小杏冷到牙齒不停的打顫，說得斷斷續續的。

「我……不想……待在這裡……」威威緊抱著烤雞盒取暖，冷得快哭出來了。

這時，身後傳來咿呀的聲響，三人趕緊回頭看，只見一扇被開啟的木門旁站著一個女孩。

「趕快進來吧。」女孩收留了他們。

「謝謝，打擾了。」阿堅點頭致謝。

「這麼冷，怎麼還待在外面……」女孩讓他們在火爐前取暖，「你們是從外地來的吧？」她指著他們的短袖短褲。

「謝謝姊姊。」小杏和威威呵著凍僵的手指頭道謝。

「這裡都這麼冷嗎？」阿堅搓著雙手問。

「是啊，也不知老天怎麼了，連日大雪不斷，天氣奇寒，大家都凍得受不了。」女孩也挨著火爐邊坐下。

雖然靠近火爐，但小杏仍感覺到寒風正從牆壁穿進來。她環顧四周，只見一張桌子和一張床。

「姊姊你一個人住啊？」小杏問。

「我和奶奶、弟弟一起住。奶奶出門去領配給品，弟弟睡著了。」女孩指指床上裹成一團的棉被，「剛剛聽到外面有說話的聲音，我還以為是奶奶回來了，沒想到是你們。」

「配給品是什麼東西？」威威鼻音很重的問。

「那是當今大宋太宗的恩德。縣官說，皇帝為了體恤我們這些遇到雪災的孤苦老百姓，日前派人送來銀兩、白米和木炭，好讓我們可以生活。奶奶聽到消息，一早就出門去領配給品，因為米缸空了好多天了。我實在不忍心奶奶整天待在外頭挨餓受凍，但她不讓我去，要我在家裡照顧弟弟。天色已經這麼晚，不知道奶奶什麼時候才會回來……」女孩說到最後有些哽咽。

「皇帝對你們很好啊，相信奶奶一定會領回很多配給品的。」小杏安慰著她。

「希望如此，像我們這種平日就已經吃不飽、穿不暖的人，真的只能自求多福了。」女孩苦笑著。

聽到女孩這麼說，威威不假思索的便把懷裡的紙袋遞給女孩，「這是烤雞……送給你們吃。」

阿堅和小杏很驚訝，沒想到平日最小氣的威威竟然如此大方。

就在女孩道謝接過紙袋的瞬間，原本緊閉的木門突然被風雪吹開，漫天飛雪中，木屋裡的景象都被白雪覆蓋。

雪中送炭

【時空入口】唐．釋德行《四字經》

病龍行雨，緣木求魚。高山採石，淘沙見金。破扇停秋，雪裡送炭。

【星星線索】比喻在人艱困危急時，給予適時的幫忙。

【機會相同】濟困解危

【命運相反】落井下石、趁火打劫

蕭規曹隨

不改變也是一種安定。

匡啷！行進中的公車壓到了窟窿，兄妹三人都被震得彈起來。坐的位置還是一樣，每個人手中的提袋也還在，只有威威負責的烤雞不見蹤影。

「威威，烤雞呢？」阿堅問。

「烤雞？」威威看看空著的雙手，又低下頭左右搜尋了一下，最後疑惑的看著阿堅和小杏：「烤雞呢？」

「你剛剛送給人家了。」小杏撇著嘴說。

「你不是很想吃嗎？」阿堅也覺得好惆悵。

「怎麼辦？怎麼辦？我竟然把烤雞送給別人了？」威威慌張的看了一下阿堅

和小杏手中的提袋，都還在，唯獨烤雞……這下可好了，他竟然沒經過另外兩個人的同意，就逕自把烤雞送出去。

哈啾！哈啾！威威連著打了兩個大噴嚏，鼻涕和口水都噴到阿堅和小杏身上。

「好冷喔。」威威蜷縮著身體。哥哥姊姊則哇哇叫的趕緊拿面紙擦拭。

「威威你好髒。」小杏擦著手臂。

「威威，媽媽不是跟你說過打噴嚏時要用手遮住嗎？」阿堅拿面紙幫威威把臉上的鼻涕擦去，這時才發現威威的臉好燙。

威威不好意思的笑了笑，「對不起嘛，剛剛來不及。」

阿堅先摸摸威威的額頭和手臂，再碰碰小杏的，他緊張的看著威威：「你有不舒服的感覺嗎？怎麼臉色看起來那麼蒼白。」

「頭有點昏昏的。」威威摸著額頭說：「剛剛有點想吐，現在還好。」

「頭昏想吐？不會吧，難道你感冒了？之前在大賣場就喊冷，剛剛又跑去下雪的地方。」阿堅像無頭蒼蠅似的亂了陣腳。

「對嘛！難怪我會把烤雞送給人家，都是頭昏害的。」威威兩頰紅紅的說，他很高興找到了脫罪的理由。

下公車後，阿堅背著睡著的威威走回家，他只覺得背上的威威愈來愈燙。

怎麼辦？怎麼辦？阿堅心裡很亂，以前無論誰生病，媽媽就會負起照顧的責任，可是現在，該怎麼做才對？帶威威去醫院看病，但要是被問起家長怎麼沒陪同前來呢？還是吃醫藥箱裡的感冒藥，但要怎麼吃呢？

看著威威熟睡的模樣，阿堅想起以前自己感冒時，媽媽會先用驅風油擦拭他的前胸後背，然後蓋上棉被要他睡覺，出了滿身大汗後，隔天起來，就舒服許多了。

想到這兒，阿堅要小杏拿驅風油過來。他把威威的衣服掀開時，威威突然醒來，睜著亮晶晶的大眼睛看著他說：「烤雞烤好了嗎？」

「威威乖，等你好起來，哥哥買一整隻烤雞給你吃。」阿堅倒了一些驅風油擦在威威的胸膛上。

「爸爸媽媽說……要帶我出去玩。」威威又說。

「等威威病好了，我們再一起出去玩。」阿堅繼續抹著驅風油。

「爸爸媽媽呢？我們是不是找不到他們了啊？」威威再問。

「威威你不要亂說話。」小杏大聲說。

「我要吃布丁……還有烤雞……」威威還沒說完又睡著了。

擦完驅風油後，阿堅把威威的上衣拉好，蓋上棉被，輕聲的和小杏走出房間，來到客廳。

「哥，威威不會有問題吧？」小杏擔心的問。

「我不知道。」阿堅看起來很苦惱，「只希望這個『蕭規曹隨』的方法有用。」

「『蕭規曹隨』？是驅風油的用法嗎？」小杏查看驅風油的瓶身。

阿堅搖頭：「『蕭規曹隨』是一句成語，比喻按照前人所訂的辦法去做，就像我用媽媽的方法去照顧威威一樣。當年劉邦的軍隊攻進秦朝首都時，軍師蕭何大量蒐集秦朝的文獻典籍。等到劉邦當上皇帝，任命蕭何為宰相，蕭何就參考秦朝的文獻，制定典章制度和法令，於是國家很快就上軌道。後來，蕭何臨死之前，向皇帝推薦了與他有嫌隙的曹參。原以為曹參繼任後會大大改革一番，沒想到一切規章制度並沒有改變，人民也就繼續擁有安定的生活。」

「希望這瓶『蕭規曹隨』驅風油對威威有用。」小杏緊緊握住驅風油的瓶子，許願一樣的說。

蕭規曹隨

【時空入口】《史記．曹相國世家》

參始微時，與蕭何善；及為將相，有郤。至何且死，所推賢唯參。參代何為漢相國，舉事無所變更，一遵蕭何約束……

【星星線索】指一切按前人成規辦事。

【機會相同】率由舊章、蹈常襲故

【命運相反】改弦更張、推陳出新

反求諸己

先看看自己有沒有做錯。

整個夜裡，阿堅和小杏一直陪在威威身邊。

幸好，除了偶爾踢被，偶爾咕噥幾聲，偶爾喊著要媽媽，其餘時間，威威睡得還算安穩，發燒的情況似乎沒有再惡化。

阿堅撥著威威被汗濡溼的頭髮，看著這個從小跟他鬥嘴吵架的弟弟，第一次感覺到這個討厭鬼其實還滿可愛的。

在這段尋找爸爸媽媽的時間，威威的童言童語常可以化解他們進入異空間時，與陌生人乍然相遇的突兀感及緊張場面，甚至還會熱心的幫忙解謎。

還有小杏，這個滿腦袋都是奇怪想法的妹妹，雖然有時候會覺得她很煩，但在爸爸媽媽消失的時刻，她的從容穩定成為支撐的力量，才沒有讓這個家分崩離析。

如果沒有小杏和威威，阿堅不知道自己在面對這個突發狀況時，能不能獨自承受？即使他是哥哥，但單憑自己，真有辦法可以破解這些謎題嗎？

嗶、嗶、嗶。阿堅嚇了一跳，手機裡傳來的是蜜雪兒阿姨的簡訊。

這該怎麼辦才好？威威病還沒好，他不放心離開。

「哥，是阿姨的簡訊嗎？」小杏坐起身，揉揉惺忪的睡眼。

「是……」阿堅看了威威一眼，「我們先解謎吧。」

阿堅拿來玻璃瓶和木盒，倒出一顆紙星星，在昏黃的燈光下，他輕聲唸出上面的字：「反過來要求自己。」

小杏指著其中一張木片，「上面寫著反和己兩個字，是『反求諸己』嗎？」

阿堅差一點就要觸碰木片了，但他忽然想到，只要動到木片，他和小杏就會掉進異空間，萬一遇見什麼狀況，誰來照顧威威？

「小杏，你留下來照顧威威，我自己去就可以了。」阿堅決定自己去闖關。

「你一個人怎麼可以啊？」小杏立刻反對。

「這是沒辦法的事……我保證很快就會回來，威威拜託你了。」阿堅說著，將小杏推離身邊。

他迅捷的觸碰木片，瞬間，從窗外射進一道銀白色的光，光芒一閃而逝，房間裡只剩下小杏和威威。

天濛濛亮，阿堅在曦微的晨光中，見到前方有人在耕種，便踩著田埂走過去。

「早安。」他學威威用輕快的聲音問好。

那人嚇了一跳，放下鋤頭，轉身看阿堅，「你……應該不是本地人吧？」

阿堅尷尬的搖頭，「你一個人耕種這麼大的田地嗎？」

「是啊。」那人舉起鋤頭繼續耕作。

「要耕完這片田很辛苦吧。」阿堅環視著四周。

「只要能從耕種當中，找到自己不足的地方，就很值得。」那人回答。

「這話怎麼說？」阿堅很好奇。

那人笑了笑。「一年前，有扈氏起兵叛變，父皇大禹派我去圍勦，雖然我的領地比對方大，部隊也比對方精良，但還是失敗。當時很多人都叫我再打回去，不過我明白，失敗的原因是因為我能力不足，所以要先糾正自己的錯誤，才可能打敗有扈氏。我每天天未亮就出來耕種，吃粗茶淡飯，穿粗布衣裳，任用有才德的人，努力改正缺失，希望自己不要再犯同樣的錯。沒想到前幾天，有扈氏竟派人來歸順投降。」

「那很棒啊，你就不用再這麼辛苦了。」阿堅很開心。

那人卻嚴肅的搖頭，「就是因為這樣，我必須更嚴格要求自己才行。」

阿堅原先不懂對方的意思，但看著他一遍遍的舉起鋤頭耕作，並沒有鬆懈的念頭，阿堅漸漸明白了。每次他和小杏、威威吵得不可開交時，總覺得是他們故意整他，卻從沒想過當哥哥的自己是不是不夠寬容……

正當阿堅想得出神時，腳下的田埂冷不防裂開，整個人直直的掉進地洞中。

反求諸己

【時空入口】《論語・衛靈公》

子曰：「君子求諸己，小人求諸人。」

【星星線索】反過來追究、要求自己。

【機會相同】反躬內省、嚴以律己

【命運相反】委過他人、怨天尤人

孤注一擲
看你能擲多遠？

「哥，你壓到我了。」威威把阿堅放在他肚子上的腳推開。

「不好意思喔。」阿堅趕緊翻身下床，摸著威威的臉頰，「頭還暈不暈？」

「不暈了，我想喝水。」威威的臉色雖然蒼白，但高燒似乎已經退了許多。

阿堅扶著威威坐起來，小杏拿來一杯溫水讓他喝下。

「還要不要再喝？」小杏問。

「不要了。謝謝。」威威把水杯遞還給姊姊。

雖然威威還是一臉病容，不過看起來情況已漸漸好轉。阿堅和小杏都鬆了一口氣，慶幸媽媽的驅風油妙方還真好用。

「威威再躺一下，哥哥去煮稀飯給你吃。」阿堅說。他記得小時候生病，媽

媽都會熬稀飯餵他。

「可是……我比較想吃……烤雞。」威威小聲的說。

「沒問題，等一下哥哥就去買。」阿堅點頭答應，而他也確信，這次這一隻烤雞絕不會半途就消失。

這時，家裡的電話鈴聲突然響起，難道是爸爸媽媽打回來的？小杏趕緊衝出房間去接電話，阿堅則緊緊跟在她後面，威威也跳下床跑出來。

「喂？爸……是爺爺啊？」小杏高昂的聲音落了下來，她看著阿堅和威威，失望的搖搖頭，但隨即全身又緊繃起來，聲音再度拉高，「真的嗎？您和奶奶要來我們家？嗯，但還不一定，要看行程安排嗎？好，我會跟爸爸媽媽說，嗯，阿堅？他出去打球了，威威喔，他在廁所上大號，要叫他來聽嗎？好，我會跟他們說的，Bye-Bye。」小杏鎮定的把話筒掛上。

「爺爺奶奶要來我們家嗎？」阿堅緊張的問。

「他們跟朋友包遊覽車到臺北玩，還不確定有沒有時間來我們家。哥，怎麼辦……要是被他們發現爸爸媽媽不見了……」小杏踱步來回走著。

「那就跟爺爺奶奶說他們去出差。」威威幫忙想理由。

「這個理由不好。爺爺奶奶要是知道爸爸媽媽同時出差，一定會留在家裡照顧我們，謊言就會被拆穿。而且現在家裡亂七八糟的，超愛乾淨的奶奶看見了一定會生氣，說不定還會打電話去罵爸爸媽媽。如果又看到威威生病……想到這裡，我的頭就好痛。」阿堅拍著後腦勺說。

「哥，你頭痛啊，要不要幫你用驅風油擦一擦。」威威好心的問。

「我不是真的頭痛啦。我想，現在這種狀況只能孤注一擲了，我和小杏先把家裡整理乾淨，至少奶奶看見了不會起疑心，其他的事就看著辦。」阿堅理出頭緒後開始行動。

為了趕在爺爺奶奶到來之前整理好，兄妹倆卯起來打掃這個像被轟炸過的客廳，連生病的威威也加入大掃除行列。大家拚命的把家裡整理得乾乾淨淨，只希望不會被奶奶看出端倪。

大掃除終於完畢，兄妹三人累得癱在沙發上休息。沒想到做家事也挺費力氣的。

「對了，哥，你剛說的姑住一直是什麼意思啊？姑姑也要來我們家一直住著不走嗎？那怎麼辦？」威威問。

「這跟姑姑有什麼關係啊？」阿堅愣了一下才明白威威的問題，「『孤注一擲』跟姑姑無關啦，那是一句成語。」

他翻開剛剛從沙發底下找出來的成語辭典，「『孤注一擲』其實是兩個詞合起來的。『孤注』出現在宋真宗時，契丹人大舉入侵，大臣王欽若提議送上珠寶和美女向契丹求和。宰相寇準卻認為只要皇上御駕親征，一定會打敗敵人。真宗採納寇準的意見，果然大獲全勝，這讓王欽若很不是滋味。有一次，王欽若陪真宗賭博時趁機說：『賭博最危險的就是一次將賭本全壓上，像上次的澶淵之戰，寇準拿皇上當孤注，萬一賭輸了，豈不是很危險？』真宗聽了很生氣，便將寇準貶官。」

「寇準真倒楣，遇到『小人』了。」威威沒好氣的說。

阿堅摸摸威威的頭，繼續解釋，「『一擲』出現在東晉，當時劉裕和何無忌等人想討伐篡位的桓玄，有人認為這些人是烏合之眾，毋需擔心。桓玄卻不這麼認為，他說：『劉裕這個人，家中可能連一石米都沒有，可是擲骰子賭博的時候，百萬的輸贏都不放在眼裡，這種氣魄是不能小看的。』後來的人將這兩個詞變成成語『孤注一擲』，形容盡所有力量，冒險來決一勝負。」

「只希望我們的孤注一擲，會有好結果。」小杏祈禱著。

孤注一擲

【時空入口】「孤注」：宋．司馬光《涑水記聞．卷六》

久之，數承間言於上曰：「澶淵之役，準以陛下為孤注，與虜博耳。苟非勝虜，則為虜所勝，非為陛下畫萬全計也。」

「一擲」：《晉書．卷八五．何無忌列傳》

玄曰：「劉裕勇冠三軍，當今無敵，劉毅家無儋石之儲，摴蒱一擲百萬。」

【星星線索】賭博時傾其所有當作賭注，以決最後勝負。比喻在危急時，

竭盡全力做最後一次冒險。

【機會相同】破釜沉舟、全力一搏

【命運相反】留有餘地、穩步前進

東施效顰

注意！東施出沒！

當兄妹三人等著爺爺奶奶到來時，阿堅的手機忽然響起簡訊鈴聲。大家面面相覷，竟然要在這個緊張時刻解謎。

「我們只能快去快回。」阿堅說。

他倒出一顆紙星星，唸出上面的字，「比喻不衡量本身的條件，而盲目胡亂的模仿他人，以致收到反效果。」

「模仿他人……」威威看見一張寫著「東施」二字的木片，他記得媽媽說過這個故事，「會不會是這個？把大家都嚇死的東施。」

「沒錯，就是她，『東施效顰』。」阿堅拿起木片。

瞬間，電視螢幕閃爍著光芒，三人很高興這次可以輕鬆的進入異空間，便

一個個鑽進七彩漩渦中。

「哇，東施來了，大家趕快躲起來啊。」有人驚慌的大喊。

原本熱鬧的街頭，突然「唰」的一聲，全部淨空，就像被超強力的吸塵器吸過一樣，整條街安安靜靜的，連走在路上的野狗也失去蹤影。

「沒想到東施這麼厲害。」阿堅小聲說。

遠遠的，石板路上傳來「喀喀喀」的聲音。阿堅、小杏和威威全都屏息躲在柱子後面，深怕被這個古今最有名的醜女發現。

喀、喀、喀，鞋跟敲打著石板路的聲音愈來愈大。

威威對這個傳說中的人物實在很好奇，便趴下身體，微微伸出頭，想探個究竟。

結果一不小心，口袋裡的銅板掉了出來，匡啷、匡啷，銅板往前滾去，直到被一雙大紅鞋擋住，威威嚇得躲回小杏的背後。

「咦？這是什麼東西？上面還有一個光頭人像。」粗啞得像破鑼的聲音說道。

四周一片死寂，連風聲也沒有。

「誰掉的？不出聲，那我就撿走嘍。」

不要！威威很心痛，那是他在大掃除時從沙發縫隙找到的錢，也是獻出撲滿後準備開始存的錢，他不想給別人，便勇敢現身說：「那個……是我的。」

「你的？」東施彎下身把銅板還給威威。這麼近的距離，威威瞪大眼睛，身體不停的打顫，嚇得都快尿出來了。

這張長滿痲子的臉，歪斜坑疤，令人寒毛直豎的詭異表情，他記得在鬼片中看過。

「弟弟，你的睫毛好長啊，借我用用吧？」

「絕對不行！」威威斬釘截鐵的拒絕。

「哼！不借就不借，我才不希罕！」東施站直身子，鼻孔朝天的說：「雖然我的睫毛沒那麼長，但是已經夠美的了。跟你說，每次只要我一笑，大家都擔心看到我那麼美，心臟會承受不住而停止跳動，所以全跑去躲起來。唉，也不能怪他們嚇成這樣，誰叫我美到這種地步，連路邊的花看到我都會羞愧而凋

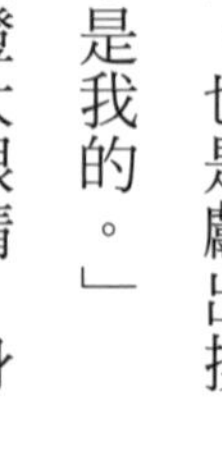

萎……哼！那個西施，怎麼比得上我啊？」東施的鬥雞小眼睛眨呀眨的。
好話威真想說兩句好話，但是，看著東施他完全沒靈感。
躲在旁邊的小杏一聽到西施的名字，眼睛都亮起來了。她興奮的跟阿堅說：
「哥，她提到西施耶，我們去找西施好不好？」
阿堅搖頭，但拗不過小杏的懇求，只好跟著她一起出現在東施面前。
東施樂得大笑，沒想到方圓百里內竟然還有三個人願意冒著生命危險來欣賞她的美麗，真是千載難逢的知音啊。
東施愈笑愈大聲，可怕的笑聲讓兄妹三人終於見識到什麼叫「魔音穿腦」。
「請問，您知道西施在哪裡嗎？」小杏摀著耳朵大聲問。
忽然聽到「西施」兩個字，東施像被針狠狠的扎了一下。
她不屑的看著小杏，故意捧著胸口、皺起眉頭，從大鼻孔裡哼哼兩聲：「唉唷，聽到你要找那個心臟不好的醜女，我的心好疼啊。她大概在河邊吧，反正你們走過去，只要看到一堆蒼蠅老鼠圍著的地方，就可以找到她。」
阿堅拚命忍住嘔吐的感覺，拉著小杏和威威逃命似的直奔河邊，果真在人

群裡見到傳聞中的西施。她美麗動人的模樣，比歷史故事形容得更美。

等到夕陽西下，溪邊只剩下西施和兄妹三人時，小杏才有機會開口：「西施姐姐，你把紗洗得好柔軟，好像洗成一條條會跳舞的彩帶喔。」

「就跟你的人一樣，真的很漂亮。」好話威靈感泉湧，忍不住稱讚著。

西施羞怯的微笑：「謝謝你們。不過我只會洗紗，什麼都不會，是個沒用的人。」

「誰說的？你對越國有很大的幫助。」不知是哪裡來的衝動，阿堅大聲說。

西施聽了很驚訝，「我們家很窮，很多人都瞧不起我們，你卻說我是個有用的人？」

「你將來一定會影響越國的命運，但千萬記住，當越王復國時，你要跟你最愛的人浪跡五湖四海才能保命。」阿堅很想告訴西施全部的事，但他終究忍住。

「謝謝你們。雖然我不知道未來會發生什麼事，但有你們的關心，我真的很開心。」西施說完，便從籃子裡拿出一條閃著奇異光芒的細絲，「這是我在河邊撿到的，看起來很神奇很漂亮，送給你們當作小禮物。」

西施把細絲交給小杏的剎那，原本安靜的溪水忽然掀起漫天水珠，如一疋透亮的布幔，將兄妹三人密密的包圍。

東施效顰

【時空入口】《莊子．天運》

故西施病心而矉其里，其里之醜人見之而美之，歸亦捧心而矉其里。其里之富人見之，堅閉門而不出；貧人見之，挈妻子而去走……

【星星線索】比喻不衡量自身的條件，而胡亂模仿他人，以致收到反效果。

【機會相同】畫虎類犬、東施捧心

第四章

尋找願之獸

傾國傾城

漂亮到連城牆都倒了！

幸好只是水珠，要是掀起的是整條河水的話，威威大概就要叫救命了。正當慶幸自己平安時，威威突然想起什麼，趕緊摸摸口袋，然後微微笑著。五十元的銅板還在呢，沒有被可怕的東施拿走。

「你們兩個在笑什麼啊？」小杏不解的問。

威威趕緊搖頭，不想被小杏發現他辛苦拿回的私房錢。

阿堅卻恍若未聞，想事情想出神了。

「哥……」威威用力拍他的肩膀，「你在偷笑，有問題喔。」

阿堅嚇了一跳，連忙否認，「沒有啊。」耳根子卻紅了起來。

小杏研究著哥哥不自然的表情，像發現新大陸似的笑起來。「我知道，哥哥

在想西施。」

「才不是！」阿堅的頭搖得像波浪鼓，卻掩飾太過。

小杏和威威像拆穿了什麼祕密，呵呵笑著說：「哇！哥哥喜歡西施。」

「你們兩個不要亂說。」阿堅板起臉解釋：「她是古代人耶，我怎麼可能喜歡她？而且她喜歡的人是范蠡。」

「她為什麼喜歡飯粒啊？」威威不解。

「不是飯粒，是范蠡，二聲ㄌㄧˊ，不過這故事很長，有空再跟你說。」阿堅不想再辯解，怕愈描愈黑。

「雖然西施喜歡飯粒，但你還是很關心她，還跟她透露未來的事。」小杏說。

「拜託，西施為越國犧牲很大耶，我……當然希望她可以平安。難道你們不希望嗎？」阿堅的臉愈來愈紅。

威威像個大哥哥似的拍拍阿堅的肩膀：「喜歡西施又不是丟臉的事，西施真的很漂亮呢，比子瑜還美！爸爸說過，漂亮的女生會讓城牆都擋不住而倒下來。」

小杏愣了一下，「你是說那個小孟哭倒萬里長城的廣告嗎？」

「不是啦，小孟又不是美女，爸爸說什麼城什麼牆的，一共四個字。」威威歪著頭回想。

「是『傾國傾城』。」這時從窗邊傳來熟悉的聲音。

「阿姨。」威威和小杏興奮的跑去抱住蜜雪兒阿姨。

阿堅笑著問：「阿姨什麼時候來的啊？」

「就在你們討論美女讓城牆倒下來的時候。」阿姨環著他們走回沙發坐下。

「阿姨，『傾國傾城』是因為大家都爬上牆去看美女，結果太重，牆就倒下來的意思嗎？」小杏又回到剛剛的話題。

「不是，這是一句成語，是從歌詞演變而來的。形容女子極為美麗動人，使全城全國的人都為之傾倒愛慕。我記得是在漢武帝的時候，有一天，宮廷樂師李延年在武帝面前唱歌，他唱到『北方有佳人，絕世而獨立，一顧傾人城，再顧傾人國。寧不知傾城與傾國，佳人難再得！』武帝聽完就問世上真有這樣的美人嗎？武帝的姊姊平陽公主便說李延年的妹妹就是這樣的美人。後來，武帝果真見到了這個絕色佳人，非常寵愛她，還封她為李夫人。」蜜雪兒阿姨說完故事。

「不知道李夫人跟西施哪個比較美？」威威很好奇。

「哥哥一定覺得西施比較美！」小杏眼睛眨呀眨的，「因為情人眼裡出西施嘍。」

傾國傾城

【時空入口】《漢書．外戚傳上．孝武李夫人》

每為新聲變曲，聞者莫不感動。延年侍上起舞，歌曰：「北方有佳人，絕世而獨立，一顧傾人城，再顧傾人國。寧不知傾城與傾國，佳人難再得！」

【星星線索】全國全城的人都為之著迷。用以形容絕色的女子。

【機會相同】絕代佳人、閉月羞花

【命運相反】貌似無鹽、奇醜無比

天下無雙

那不就注定要孤伶伶的？

蜜雪兒阿姨帶兄妹三人去大吃一頓。刻苦生活了幾天，大家都卯起來吃，尤其是威威，一個人就解決了半隻烤雞，嘴巴吃得油亮油亮的，直說好幸福。

卻也到了這時候，他們才發現，以前討厭的食物，此刻看來每一樣都是人間美味。

「我以後再也不挑食了，媽媽煮的每一道菜，我都會吃光光。」威威抱著飽飽的肚子說。

回家後，小杏看見電話答錄機閃著紅光。竟然有人留言！是爸爸媽媽打電話回來嗎？小杏趕緊按下播放鍵，大家都很緊張。

「喂？怎麼沒人在家……」是爺爺爽朗的聲音，「我是爺爺啊，之前跟小杏說過我和奶奶會去找你們，但時間來不及，就不過去了。對了，有時間請爸爸媽媽帶你們回來走走，我和奶奶都很想念你們，先這樣嘍，bye-bye。」

爺爺奶奶不來了，吃飯時又聽阿姨說她可能追蹤到願之獸的下落了，大家心裡壓著的大石頭終於輕了一些。

「咦？」小杏不自覺的摸到褲袋裡有東西，她掏出來看，竟然是一條閃著光芒的細絲，「這是西施送我們的，它沒有消失，難道這就是第二樣寶物？」

同時間，阿堅的手機響起「嗶、嗶、嗶」的聲音。

蜜雪兒阿姨傳簡訊來了。

「小杏，把細絲收好，我們先解謎，說不定等一會兒就會拿到第三樣寶物。」阿堅說。

小杏和威威聽了都很興奮，心裡想著只要再找到一樣寶物，爸爸媽媽就會回來了。

阿堅拿起玻璃瓶倒出一顆紙星星，唸出上面的字：「天下沒有第二個，獨一無二。」

鬥志高昂的小杏和威威很快就找到答案，「天下沒有第二個，那就是『天下無雙』。」他們的指頭一起點住同一張木片。

原本靜止的電風扇忽然快速的轉動起來，一陣強風吹過，將兄妹帶進無邊無際的黑夜中。

強風漸漸停了下來，威威舒服的睜開眼睛：「好涼啊……啊！」他嚇得大叫一聲，眼前拿著竹扇的小男生，也嚇得倒退好幾步。

「你……怎麼躺在我父親的床上？還有你們……你們是誰？」小男生一臉驚惶。

「不好意思。」阿堅拉著小杏和威威趕緊爬下床。

「你們怎麼會出現在這裡？」小男生揉揉眼睛，看看屋頂再瞄瞄床下，一副不敢置信的模樣。

「我們是來找寶……找爸爸媽媽的。」威威說：「謝謝你幫我們搧風，天氣很熱啊。」

「你們的爸爸媽媽不見了嗎？」聽到威威在找人，小男生警戒的神色漸漸和

緩了，「一定很著急吧。」

「是啊，所以不小心闖進你們家，嚇著你了，真對不起。」阿堅道歉。

「沒關係。」小男生微笑著，「只是剛剛對著空床搧風，一眨眼，你們就出現，的確被嚇了一跳。」

「為什麼你要對空床搧風？」威威不明白。

「因為夏天到了，天氣悶熱，蚊蟲又多，為了讓辛苦一天的父親可以好好休息，我想先幫他把床搧涼一點，這樣就容易入睡。」小男生邊說邊對著床搧風。

聽到這裡，阿堅像是想起了什麼，「你是黃香嗎？」

小男生很訝異，「你怎麼知道我的名字？」

小杏也恍然大悟，「冬天的時候，你會先鑽進被窩溫暖冰冷的棉被，好讓父親可以暖和入睡。」

小男生更驚訝了，「你怎麼知道這件事？」

「我讀過二十四孝的故事啊。你長大後當官，對百姓很好喔，還把全部的錢都拿出來賑災，所以大家都說『天下無雙，江夏黃香』。」小杏搖頭晃腦的唸著。

「你們……」小男孩聽得一愣一愣的。

「對了，黃香，」威威像是不經意的提起，「你的扇子搧起來很涼，可以讓我帶回家嗎？」

阿堅和小杏都愣住了，沒想到威威第一次見到人家就跟對方要東西。

「這把扇子已經很舊了。」黃香不好意思的說。

「沒關係，我喜歡這把扇子。謝謝你。」威威從黃香手中接過扇子，開始搧起風來。

沒想到威威才搧個幾下，房間內忽然刮起強烈的龍捲風，將他們三個從地面拔起，捲進急速旋轉的漩渦中。哇……

天下無雙

【時空入口】《史記・李將軍列傳》

李廣才氣，天下無雙，自負其能，數與虜敵戰，恐亡之。

【星星線索】天下沒有第二個了。

【機會相同】獨步天下、無出其右

【命運相反】泛泛之輩、凡夫俗子

王祥臥冰

他以為自己是北極熊啊？

就像在超強力果汁機裡打轉一樣，沒想到威威竟然可以用扇子搧出龍捲風。

「威威你真厲害，看不出來手勁還滿強的。」回到客廳後，阿堅回想著剛才被捲上半空中的情景。

「以後看誰敢欺負我，我就把他搧到十萬八千里遠。」威威擺出架勢。

「哈哈哈，那你不就變成《西遊記》裡的鐵扇公主了？牛魔王的女朋友喔。」小杏故意糗他。

威威鼓起腮幫子，氣呼呼的不想回答。

「好了啦，別再取笑威威了。」阿堅出來打圓場，「沒想到黃香的年紀跟威威差不多，卻已經能做到我們做不到的事。」

「那還不簡單，我們可以按照二十四孝的故事來學習，爸爸媽媽一定會很感動的。」威威覺得自己很聰明。

小杏瞪大眼睛，「威威，你看過二十四孝的故事嗎？」

「還沒有，但我想那些都是孝順爸爸媽媽的故事吧！像黃香幫爸爸把床搧涼或是冬天先把床睡暖，這些我都可以做啊。」威威覺得黃香能做，自己當然也可以。

「不過，『臥冰求鯉』你就做不到了。」小杏轉動著她的圓眼睛。

「臥冰球裡？」威威一頭霧水，「為什麼要躺在冰球裡面啊？」

聽到威威的形容，阿堅和小杏都忍不住笑出來。

「不是躺在冰球裡面啦，是躺在冰層上方，等待冰層溶化，鯉魚就會跳上來。」小杏解釋。

「那一定會凍成冰棒吧。」威威想像著。

「是啊，『臥冰求鯉』就是二十四孝的故事，你不是想學嗎？」小杏說。

「躺在冰層上面跟孝順有關係嗎？」威威對這個可怕的故事感到好奇。

「古時候有一個叫王祥的小孩，母親很早就去世了，父親又娶了一個妻子。這個後母討厭王祥，常常叫他做一些粗重的工作。有一年冬天，後母生病了，想吃活魚，就叫王祥去河裡抓魚，但那時河水都結冰了，哪裡還抓得到魚。王祥心想說不定可以用體溫溶冰，就脫掉衣服躺在冰層上。寒冰凍得他全身發抖，但他都忍住了……忽然間，冰塊裂開，而且還跳上來兩條活鯉魚。王祥趕緊抱著鯉魚跑回家煮魚湯給後母吃，後母很感動，從此就對王祥很好。以上就是『臥冰求鯉』的故事，報告完畢。」小杏一口氣說完。

「王祥真厲害！我才去大賣場冰箱旁邊逛一下子就生病，他竟然還光著身體躺在冰層上面。」威威不敢相信。

「要是爸爸媽媽生病想吃魚，你會學王祥嗎？」阿堅問。

「當然不會，我又不是北極熊。我會帶他們去醫院看病，如果想吃魚，去市場買就好啦。」威威說。

「看來威威還滿聰明的嘛。」阿堅摸摸威威的頭，「我們要學的是二十四孝對父母的孝心，但孝順的方法就不一定要學了。有什麼樣的能力就做什麼樣的

事，這才是真正的孝順。」

「咦？」這時在書櫃旁邊的小杏發出疑惑的聲音，「哥，成語辭典裡沒有『臥冰求鯉』，只有『王祥臥冰』。」小杏把辭典拿給阿堅看。

「真的耶，原來『臥冰求鯉』就跟『三隻小豬』一樣，是故事的名字而不是成語。」阿堅恍然大悟。

「反正不管是『臥冰求鯉』還是『王祥臥冰』，我還是學黃香幫爸爸媽媽把床搧涼就好。」威威邊說邊用手搧風。

威威的手搧到一半就停住。「奇怪？黃香給我的扇子呢？放到哪裡去了？」威威四處找尋。

「說到扇子，威威，你很丟臉耶，爸爸媽媽不是說過不能隨便跟人家要東西嗎？」阿堅訓誡著。

「我知道啊，可是你和姊姊都有寶物了，阿姨說過寶物有三個，我想多要一點會比較保險。」威威抓著頭苦思，他記得明明就握在手裡，怎麼會不見了呢？

王祥臥冰

【時空入口】《晉書・王祥傳》

父母有疾，衣不解帶……祥解衣將剖冰求之，冰忽自解，雙鯉躍出，持之而歸。

【星星線索】比喻善盡孝心去侍奉父母。

【機會相同】扇枕溫被、彩衣娛親

【命運相反】忤逆不孝、孤犢觸乳

一箭雙鵰

兩隻鳥飛得太近是很危險的。

兄妹三人上上下下的找尋黃香的扇子，卻遍尋不著。

「如果那把扇子不是第三樣寶物呢？」小杏突然說。

威威聽了似乎有點失望，默默的坐在沙發上，盯著自己的鞋子看。過了半晌，他小小的身子忽然彈起來，「沒關係，有機會的話我就多要一點東西，只要能穿過異空間而沒有消失，寶物就會愈來愈多，到時如果彈弓和細絲派不上用場，還有其他東西可以替換。」威威覺得自己聰明極了。

「阿姨說寶物只有三樣，而且都跟我們有很大的關係，要是你帶回一隻恐龍該怎麼辦？」小杏半開玩笑半認真的問。

「那很棒啊，大家都沒見過真正的恐龍，我們可以帶牠去世界各國展覽，光

收門票就會有好多錢。」提到錢，威威笑得合不攏嘴。

「真受不了你，幹麼這麼愛錢啊？」阿堅斜眼瞄他。

「那不是愛錢。」威威搖搖他的食指，「如果在拯救爸爸媽媽的時候缺少一樣寶物，不就是『功虧一簣』了？等到爸爸媽媽平安回來，將多出來的寶物拿去展覽，一方面推廣歷史知識，一方面賺取門票收入，不是很好嗎？」

「沒想到威威還記得『功虧一簣』，不錯不錯！而且還能將寶物再利用，真可謂『一箭雙鵰』，佩服佩服。」阿堅故意抱住拳頭對著威威作揖。

「『一箭雙鵰』是什麼意思啊？」小杏問。

「我知道，是一把劍插到兩隻鯛魚。我最喜歡吃鯛魚了……」威威搶著回答。

「我還一魚二吃呢。」阿堅嘆了一口氣，「那是一句成語，意思是做一件事情，可以同時達成兩個目的。南北朝時，北方的突厥首領攝圖向北周求親，北周皇帝答應把公主嫁給對方，並派遣擅長射箭的武將長孫晟等人保護公主的安危。有一天，攝圖和長孫晟外出打獵，攝圖看見天空中有兩隻大鵰在爭奪一塊肉，為了測試長孫晟的功力，他隨手遞出兩枝箭，請長孫晟將兩隻鵰射下來。

沒想到長孫晟接過箭後就快馬加鞭，看準機會拉開弓射出一箭，結果兩隻鵰都被射下來。這就是成語『一箭雙鵰』的由來。」

「看吧，只做一件事情，就可以同時達成兩個目的，真的很省力呢。反正我們都要去異空間，只要帶回來的寶物沒有消失，就不要浪費。」威威還是堅持自己的想法。

「威威，不是浪不浪費的問題，你平白無故跟陌生人要東西就是不對。」小杏覺得這樣的行為不恰當。

「好嘛，我不跟人家要東西，這樣總可以吧。但如果是人家要送我的……」威威轉著眼珠子說。

阿堅不想再和威威抬槓了，他仔細端詳彈弓和細絲。「這兩樣東西真的是寶物嗎？究竟該怎麼做，才能從願之獸那裡救回爸爸媽媽？」

一箭雙鵰

【時空入口】《北史・長孫道生傳》

嘗有二鵰，飛而爭肉，因以箭兩隻與晟，請射取之。晟馳往，遇鵰相玃，遂一發雙貫焉。

【星星線索】一箭射得兩隻鵰，指射技高超。比喻做一件事達到兩個目的，或得到兩種好處。

【機會相同】一舉兩得、一石二鳥

【命運相反】兩頭落空、顧此失彼

騎虎難下

一隻老虎跑得快。

汪、汪、汪，阿堅的手機忽然響起狗叫聲，是電話鈴響。

「喂？阿鐵……真的嗎？好，我立刻趕過去，幫我跟教練說一聲。」阿堅說完電話後就起身跑進房間，沒多久就拎著球袋出來，「我忘記今天要選先發投手了，你們留在家裡等我。」

小杏點頭，但隨即又搖頭，「不行，要是阿姨傳簡訊來該怎麼辦？」

阿堅連想都沒想的說：「你們乾脆跟我一起去球場好了。」

這次的徵選對阿堅很重要。他一直夢想可以當球隊的先發投手，雖然蜜雪兒阿姨說過可以讓他美夢成真，但，卻是讓惡夢先成真了。

趕抵球場後，阿堅將小杏和威威安置在球場邊，然後開始做熱身運動。要

是從前的話，他絕不願讓弟弟妹妹跟到球場看他打球，因為會讓自己覺得好像住在動物園裡面。

快輪到阿堅上場了，小杏和威威看到哥哥自信滿滿的模樣，都認為他一定會站上先發投手的位置。

嗶、嗶、嗶。沒想到阿姨竟然在此時傳簡訊來！球場上的徵選已經迫在眉睫，可是解謎的事無法拖延。

「你們先到休息室後面等我，我待會兒就來。」阿堅對小杏和威威說。

在休息室後方等待時，小杏聽見從球場傳來一陣爆笑聲，沒多久阿堅就喘吁吁的跑進來。

「解謎吧。」他拿出玻璃瓶，發現裡頭只剩下一顆紙星星，無來由的奇怪預感從心底升起。

「哥，徵選的事怎麼辦？」小杏很關心。

「下次嘍，反正這次我身體不適，一直拉肚子，沒力氣投球。」阿堅簡單的回答。

看著阿堅無所謂的模樣，小杏明白哥哥是下了很大的決心才這樣說的。

「最後一顆紙星星耶！我們快要找到爸爸媽媽了嗎？」威威很興奮。

阿堅唸出星星裡的字：「比喻處於進退兩難的境地。」

「進退兩難……是不能前進也不能後退嗎？」威威小聲的說。

「也沒別的選擇了，答案就是『騎虎難下』。」阿堅拿起最後一張木片。

這時，旁邊的雜草像是被施了魔法一樣，快速的抽長蔓延，沒多久，兄妹三人就被濃密的野草完全覆蓋。

「好癢啊。」威威好不容易才撥開比他還高的草叢走出來，卻嚇到坐在前方石椅上的人。阿堅和小杏也跟著出現了。

「你們是誰……怎麼會藏在草叢裡？」對方鎮定的問。

「伯伯，不好意思，我們是來找爸爸媽媽的。」威威回答。

「你們要找的人不會在這裡，趕快離開吧。」那人不耐煩的揮揮手，不想再理他們。

「溫大人，陶侃大將軍已到。」有人喊著。

「請陶將軍進來。」那人起身回應，卻看到兄妹還杵著不動，「算了，你們趕快回草叢裡躲著，不要出來。」

阿堅只好帶著小杏和威威躲回草叢中，沒多久，一個滿臉怒氣的人走進來。

「溫嶠大人，你不是說過要兵有兵，要糧有糧，只要我出來統領大家，就可以打敗那兩個威脅皇上的叛徒嗎？可是現在什麼都沒有，我是不是應該先撤退，等你安排妥當再說？」說話的陶侃大將軍很不高興。

溫嶠卻一臉堅定的說：「陶將軍，自古以來想打勝仗，內部一定要先團結。現在雖然面臨困難，但要是撤兵的話，叛軍就會更囂張。我們此刻就像騎在老虎身上，根本下不來，唯有把老虎打死才有活路。」

「原來這就是『騎虎難下』啊。」小杏抓著發癢的手腳。

過了半晌，陶侃大將軍終於開口：「我知道了，就請溫大人重新擬定作戰計劃。」

好不容易等到他們離開，威威已經癢得受不了。

他撥著雜草準備起身時，瞄到腳邊似乎有什麼東西竄過去。他再看清楚一點，媽呀！竟然是一條粗大的黑蛇。

威威只想趕快逃跑，結果腳被草堆絆到，整個人重重的摔出去，撲倒在地。

看到威威摔得這麼慘，阿堅和小杏都嚇出一身冷汗。

他們趕緊將威威抱起來，只見威威摀著嘴巴說好痛，鮮血從他的手掌邊緣滲出來。

威威攤開手掌，裡面竟然是一顆血淋淋的門牙。

瞬間，漫天的野草不見了。他們又回到休息室的後方，而威威的斷牙就躺在他的掌心裡。

騎虎難下

【時空入口】《晉中興書》

今之事勢，義無旋踵，騎虎之勢，可得下乎？公若違眾獨反，眾心必沮。沮眾以敗事，義旗將迴指於公矣。

【星星線索】騎上老虎就難下來了。比喻事情迫於情勢而無法中止，只好繼續下去。

【機會相同】進退兩難、進退維谷

【命運相反】左右逢源、全身而退

打草驚蛇

把蛇打跑的方法。

威威原本希望掉下來的頑固乳牙終於如願掉下來了，但沒料到竟是用「撞」的方式才讓牙齒脫落。這猛然一撞，痛得他眼淚直流，連從傷口冒出來的血似乎也停不住。

「哥，現在怎麼辦？」小杏慌張的問。

「威威，你先咬住毛巾，看能不能止血，我們現在就去看醫生。」阿堅從球袋裡找出乾淨的毛巾讓威威咬著。

兄妹三人準備離開球場時，和阿堅交情最好的隊員阿鐵出現了。他幫忙提著阿堅的球袋，陪著他們一起走向出口。

阿鐵是南投來的轉學生，也是球隊裡的強打預備軍。他站在球場門口惋惜

的說：「如果你沒放棄這次徵選的話，先發投手一定是你。」

阿堅露出雪白的牙齒笑著說：「別擔心，下次一定是我。」

趕到牙科診所時，威威流血的狀況已減輕許多。醫生確認威威的傷口並無大礙，吃點消炎藥就可以了。

等著領藥時，阿堅盯著口咬棉花球的威威問：「對了，你剛剛是怎麼了？怎麼會摔得這麼慘？」

威威小心翼翼的拿開染著血的棉花球，缺了門牙的嘴巴看起來有點腫。「我站起來的時候，手去撥草，結果看到一條大黑蛇爬過去……」

蛇？聽到這個字眼，阿堅和小杏都瞪大眼睛。

「沒想到草叢裡面竟然有蛇！我們三個還躲那麼久，幸好威威把蛇趕跑了，否則被咬到的話，可不是摔斷一顆門牙那樣簡單。」阿堅心有餘悸的說。

「威威是在『打草驚蛇』嗎？」小杏指著書報架上的雜誌，其中一本的封面標題正好寫著這四個字。

「沒錯。」阿堅起身把雜誌拿過來，那是一本戶外活動雜誌。他翻到「打草驚蛇」的單元，裡面除了介紹野外活動須知，還放上一些常見的蛇類圖片。

在單元的最後面，阿堅看到一段附錄，是說明「打草驚蛇」的真正典故。

「說個打蛇的故事給你們聽。」阿堅清清喉嚨後唸出來：「南唐時，一個叫王魯的官員常常接受賄賂，做一些不法的勾當。有一天，他的部下被人控告貪汙，王魯看到狀紙上寫的某些罪行，竟然和自己的行為一模一樣。他愈看愈害怕，就在狀紙上寫下『汝雖打草，吾已蛇驚。』意思是這些人雖然只是用棍子打草叢，但他就像藏身在草叢裡的蛇，受到驚嚇了。『打草驚蛇』由此演變而來，後來的人就用來形容行事不周，使對方有所警覺，而預先防備的意思。」

「原來『打草驚蛇』還有故事啊！我還以為這是把蛇趕跑的方式。」小杏恍然大悟。

「對了，我們兩個要感謝威威救了我們一命。」阿堅認真的說。

「謝謝威威。」小杏起身對威威一鞠躬。

威威不好意思的笑著，原本咬著的棉花球掉了出來。雖然缺了門牙，而且還會痛，卻是一張笑得很開心的嘴巴。

打草驚蛇

【時空入口】《南唐近事．卷二》

王魯為當塗宰，頗以資產為務。會部民連狀訴主簿貪賄於縣尹，魯乃判曰：「汝雖打草，吾已蚫（蛇）驚。」

【星星線索】打草時驚動了埋伏在草中的蛇。後用來比喻做事不周密，使對方得以警戒預防。

【機會相同】走漏風聲、洩漏消息

【命運相反】攻其無備、出其不意

莊周夢蝶

人變蝶？蝶變人？

掉牙事件終於平安落幕。回到家後，兄妹三人坐在沙發上休息。

「在爸爸媽媽回來之前，我們一定要照顧好自己，不能有任何閃失。」阿堅交代著。

「是。」小杏和威威都點頭。

「威威，你掉下來的門牙呢？」小杏問。

「你要看我的牙齒啊？」威威從口袋掏出那顆沾有血漬的米白色乳牙。

「不是啦，媽媽說過如果牙齒掉了，上排的要丟床底下，下排的要丟屋頂，丟的時候雙腳還要併攏，站得直直的，這樣以後長出來的牙齒才會整齊漂亮。」

小杏上上下下的比劃。

「對啊！威威什麼時候要丟牙齒？」阿堅也覺得這件事應該審慎處理。

威威沒有回答，低頭看著自己的牙齒，過了半晌才抬起頭，眼眶溼溼的：「我想等爸爸媽媽回來再丟。」

聽到威威這樣說，阿堅和小杏也沉默了，客廳陷入更深沉的安靜之中。

這時，門外傳來轉動門鎖的聲音，兄妹三人都覺得驚慌。會有家裡鑰匙的人只有五個，扣掉他們三個，爸爸媽媽又消失不見，難道是小偷？

阿堅悄悄起身去拿球棒，小杏和威威躲在房門後面。大門漸漸被推開，阿堅舉起球棒，準備來個迎頭痛擊……

沒想到，推門進來的人竟然是爸爸和媽媽！兄妹三人簡直不敢相信自己的眼睛。

「爸爸、媽媽！」威威和小杏大叫著衝出房間，阿堅手上的鋁棒也垂下來了。

威威撲到媽媽的懷裡，小杏拉著爸爸不放，兩個人都放聲大哭，像是要把這些日子累積的壓力全部釋放，連最堅強的阿堅也忍不住哭起來。

「你們……跑去哪裡了……都找不到……」威威和小杏一把鼻涕一把眼淚的，緊緊抱著爸爸媽媽。

阿堅微笑著站在旁邊，舉起手抹抹眼淚。感謝老天！惡夢終於結束了。

然而，似乎有些地方不尋常。

他發現爸爸媽媽的背後竟然生出了翅膀，阿堅揉揉眼睛，以為是眼淚模糊了一切。沒想到，威威和小杏也都張開了雙翼。這究竟是怎麼一回事？他不自覺的倒退了幾步，感覺到背後有東西抵住牆壁，轉頭看，竟然是一雙翅膀……

這時，爸爸媽媽緩緩的搧動著羽翅，身體漸漸騰空了，小杏和威威也挽著他們的手慢慢飛起來。原本站著不動的阿堅，背後的翅膀像是被召喚一般，也輕輕擺動著。

一陣風過，全家人都變成了蝴蝶，翩翩飛舞在繁花之間。

「爸爸、媽媽、哥哥、姊姊，我好高興啊！」威威興奮的大叫。

大家手拉著手圍成一圈，幸福洋溢在每個人的笑靨。

不要再分開了，阿堅在心底祈求著。

只是，爸爸媽媽忽然放開他們的手，愈飛愈高，愈飛愈高，終於沒入雲端，再也看不見。

兄妹三人很驚慌，奮力拍著翅膀想要追上他們，可是追到最高點的時候，翅膀竟然消失了！沒有翅膀的三兄妹，失速從雲端墜落……

啊……大家在尖叫聲中驚醒！原來是夢，而且三個人做了一模一樣的夢。

三個人看看彼此，不明白發生了什麼事。

威威轉身看看自己的背後，任性的說：「我們不是變成蝴蝶了嗎？為什麼不能跟爸爸媽媽一起飛走？」

「沒想到我們三個竟同時走進了『莊周夢蝶』的故事。」阿堅苦笑著說：「戰國時候，有一天莊周做了一個夢，他夢見自己變成蝴蝶，在花園裡快樂的飛舞。醒來後，竟感覺到自己的雙臂好像翅膀一樣可以飛。此時的他，已經分不清自己是莊周還是蝴蝶了。後來的人就用『莊周夢蝶』來比喻人生變幻無常。」

「只要爸爸媽媽趕快回來，是人還是蝴蝶都無所謂了。」小杏吸著鼻子說。

莊周夢蝶

【時空入口】《莊子・齊物論》

昔者莊周夢為蝴蝶，栩栩然蝴蝶也，自喻適志與！不知周也。俄然覺，則蘧蘧然周也。不知周之夢為蝴蝶與，蝴蝶之夢為周與……

【星星線索】比喻人生變幻無常。

【機會相同】黃粱一夢、南柯一夢

滄海桑田

大海陸地變變變！

「我找到願之獸了。」蜜雪兒阿姨的聲音忽然出現在窗邊。

原本情緒低落的兄妹像是被閃電擊中一般，興奮的衝去阿姨身邊。

「阿姨，爸爸媽媽在哪裡？趕快帶我們去。」威威再也不想等了。

「他們在『滄海桑田』。」阿姨說得簡單。

「滄海桑田？那是什麼地方？」小杏趕緊問。

蜜雪兒阿姨沒有回答，口中開始唸唸有詞。

剎那間，窗戶開始變形，扭轉成一個看不見盡頭的黑色大漩渦。

阿姨牽著威威的手，小杏和阿堅跟在後面，四個人一步步踏進漩渦中，穿過徹底的黑暗後，出現一個扭曲變形的空間，還有詭異的彩光四處散射。

威威好奇的伸出手去碰那些彩光，沒想到那些光竟發出淒厲的叫聲，然後變成一顆顆黝黑的石頭，叮叮咚咚掉到地上，靜止不動。威威很驚慌，不明白發生了什麼事。

阿姨嘆了一口氣，「你知道嗎？那些光是願之獸吃掉願望後吐出來的，原本是要回到許願的人身上，讓他們夢想成真。結果你伸手一碰，有些人的願望就永遠破滅了。」

「那怎麼辦？我闖禍害到別人了。」威威很著急。

「算了，我們不能再耽擱。」阿姨拉著威威大步向前走去。

「阿姨，我好像聽過『滄海桑田』，只是一時想不起來。」阿堅說。

「『滄海桑田』的故事是說，東漢的仙女麻姑對仙人王方平提到，她五百年前與他碰面時，已見過東海變成陸地三次了，沒想到這次見面之前，她發現東海的水又少了一半，也許再過不久就可以種植桑樹。後來的人就用『滄海桑田』來比喻世事無常，變化很快的意思。不過我們今天要去的地方是『滄海桑田』的臨界，在大海和陸地凝結的瞬間，會出現時空暫停的幻界。我們必須趁這個機

會，把爸爸媽媽從願之獸的嘴裡救回來。」

聽到「嘴裡」兩個字，威威害怕的大叫：「爸爸媽媽要被吃掉了嗎？我不要！」

這時，扭曲變形的空間不見了，漩渦的邊緣是一片平坦的大地。

他們跨出漩渦，只見四周一望無際。好安靜啊，似乎什麼都不存在，連天空也不存在。

阿姨輕聲唸起咒語，遠方漸漸出現一個巨大朦朧的黑影，黑影中還有一個透著微光的球體。

「那就是願之獸，爸爸媽媽被牠關在玻璃球裡面，時間一到，願之獸就會把玻璃球咬碎……你們必須趕緊將玻璃球從牠的嘴裡射掉。」蜜雪兒阿姨急忙的說。

「那麼遠，要怎麼射玻璃球啊？我們又沒有帶工具。」威威很著急，都快哭出來了。

「接下來只能靠你們三個了，我已經沒辦法再幫你們。而且我帶你們到這裡已經破壞規定，必須離開，否則會魂飛魄散，永遠被禁錮在黑死咒中。」阿姨說

完後就退回到漩渦裡。

阿姨不能再幫忙了，兄妹急得像熱鍋上的螞蟻，不知道該怎麼辦才好。

這時小杏突然想起了什麼，「哥哥，你不是有彈弓？」

阿堅趕緊從背袋中把彈弓拿出來。「可是，這把彈弓沒有橡皮圈，根本就沒用。」他喪氣的說。

「如果彈弓是一個寶物，那麼，另一個應該是……」小杏鎖著眉頭努力思索著，「橡皮圈……有了！我有西施送的細絲。」

她連忙從背包裡掏出那條閃著奇異光芒的絲線，再從頭上摘下阿堅送給她的閃電髮夾，開始編織起來，沒多久就完成一條編織帶。

阿堅把編織帶綁上彈弓，扯了幾下，發覺這條編織帶竟然有很大的彈力。

「太棒了，小杏！現在只要再找到彈子就可以射掉玻璃球。」

然而，要去哪裡找彈子？地上什麼東西都沒有。

「看吧，我跟人家要東西的時候，你們還罵我。現在少了第三樣寶物，完蛋了吧！」威威急得抱怨起來。

小杏看著威威張大的嘴，大喊一聲：「威威，你的牙呢？」

威威急忙從褲袋裡掏出門牙交給阿堅，剛剛好，綁在彈弓上，成為一個完美的彈子。

啊！三樣寶物，果然與他們三個人緊密相關。

阿堅忽然緊緊抱住小杏和威威，深深吸了一口氣，對弟弟妹妹說：「我去救爸爸媽媽回來。」

「哥！」威威拉住阿堅，「看起來很危險啊，要不然我去好了，我……我都沒有什麼用。」他說著說著又哭了。

「誰說你沒用？你會說好話啊。」阿堅也覺得難過，他裝出很酷的樣子安慰威威。

「威威。」小杏將威威轉向自己，「哥哥是神射手，你忘了嗎？我們三個裡面，只有哥哥能做到，我們要對他有信心。哥哥會把爸爸媽媽救回來的。」

阿堅感激的望著小杏微笑，「這裡太遠了，我射不到玻璃球，必須跑到前面去，靠得更近一些……如果，萬一，我失敗了，小杏，你就帶威威趕快跑回漩

渦裡面找阿姨，愈快愈好。」

「我們在這裡等你。」小杏堅定的說。

「我是哥哥！你必須聽我的話！你要保護自己，要保護威威。」阿堅生氣的對小杏喊著。

「如果你失敗了，我們都會消失。爸爸媽媽會消失，我們三個人也會消失。」小杏平靜的說：「因為我們是一家人啊。」

阿堅不再說話。他知道小杏說的是事實。他們是一家人，命運共同體。到現在，他才深刻的感受到這件事。

「哥哥，你一定會成功的！」威威對他說。

「我們就在這裡等你。」小杏說：「等你回來。」

阿堅點點頭，轉身往願之獸的方向狂奔。他從來沒有那麼害怕；從來沒有那麼強大的力量。

小杏牽著威威涼涼的手，看著阿堅愈來愈遠的身影。她想把哥哥看得更清楚些，但，她發覺眼前的一切都變模糊了，淚水讓她看見一片明亮的光。

滄海桑田

【時空入口】《神仙傳》

麻姑謂王方平曰：「自接待以來，見東海三為桑田。向到蓬萊，水乃淺於往者略半也，豈復將為陵陸乎！」

【星星線索】大海變為陸地，陸地淪為大海。比喻世事無常，變化很快。

【機會相同】白雲蒼狗、東海揚塵

【命運相反】一成不變

否極泰來

衰神退去，好運來！

阿堅眨眨眼睛，一陣強烈的白光，讓世界彷彿靜止了一般。

他不知道自己是否真的射下玻璃球了，只記得當時緊緊握住彈弓，把編織帶拉到最極限，瞄準願之獸咬著的玻璃球，鬆開手，威威的牙就像一顆砲彈直直往願之獸的方向飛去……

「哥，我們回到家了。」威威靠坐在他的身邊。

聽到威威熟悉的聲音，阿堅如夢初醒，他轉頭看看威威，又看看小杏。他知道他們兄妹三人並沒有被困在滄海桑田，但爸爸媽媽呢？會不會已經化成那些璀璨的光，散射在漩渦裡面……

如果真的是這樣，那麼他們也即將不存在了。阿堅緊緊握住小杏和威威的手。「希望下輩子我們還可以再當一家人。」

「哥哥為什麼要這麼說？」威威覺得阿堅的話裡似乎有離別的意思。

「我們永遠都會是一家人。」小杏堅定的說。

忽然，從樓下傳來車子開進車庫的聲音。

阿堅、小杏和威威全都立刻起身，三步併兩步的跑到樓下。他們站在客廳，一動也不敢動的盯著大門。

鑰匙轉動著門鎖，「喀」的一聲，門被推開了。

眼前出現的人竟然是爸爸媽媽！

「爸爸、媽媽。」威威哭著衝向前去，緊緊抱住他們。

小杏也走過去，眼淚一直停不住。

阿堅沒有動，看著爸爸媽媽，眼眶裡都是淚。只是，他不確定這次是夢還是真的……

「發生什麼事啦？怎麼大的小的哭成這樣？」媽媽不解的看著大家。

「我真的很想念你們。」威威邊哭邊說。

「你們吵架了嗎？」爸爸一頭霧水。

「我們沒有吵架，我們一直在等你們回來。」小杏說。

爸爸媽媽抬頭看看阿堅，眼神中滿是疑惑。

「沒事。」阿堅微笑著搖頭。

「咦？家裡怎麼收拾得這麼乾淨？早上出門時還丟得亂七八糟。」媽媽發現家裡不一樣了。

早上出門？阿堅像是明白了什麼。

「對了，今天是小杏的生日，我們幫她買了一個大蛋糕，等你們回來一起幫她慶生。」阿堅立刻說。

「小杏生日快樂！」爸爸媽媽異口同聲的祝福，看得出來他們已經忘記今天是女兒的生日。

「小杏，爸爸明天再帶禮物回來給你。」爸爸不好意思的搔搔頭。

「今天太晚了，明天全家一起去吃大餐。」媽媽也趕緊提出補救辦法。

「只要你們在身邊，就是最棒的生日禮物。」小杏快樂的說。

等爸爸媽媽睡著後，阿堅和威威又偷偷跑去小杏的房間，三人擠在床上聽阿堅述說他和願之獸對決的過程。

「願之獸究竟長什麼樣子啊？」威威很好奇。

阿堅搖搖頭，「我形容不出來，只見到一個隨時在改變形狀的巨大黑影。」

「不管願之獸是什麼東西，只要大家平安歸來，我就心滿意足。」小杏笑呵呵的說。

「總算是『否極泰來』嘍。」蜜雪兒阿姨忽然出現在床邊。

「阿姨！」看到阿姨安然無恙，兄妹三人都很高興。

「阿姨，什麼是『否極泰來』啊？」小杏不明白。

阿姨攬住小杏的肩膀說：「『否極泰來』是指情況由壞逐漸好轉的意思。春秋時代，越國被吳國打敗後，吳王夫差要越王勾踐去服侍他，越王的臣子告訴勾踐，當年周文王被紂王囚禁七年，並不灰心，反而潛心研究《易經》的道裡，明白人生的福禍都是循環的，只要積極面對，困厄結束時，順遂的日子就會到來。勾踐謹記臣子的話，十年後終於打敗夫差，報仇雪恨。」

「我們也終於打敗願之獸，把爸爸媽媽救回來。」威威很得意。

阿姨點點頭，「對了，今天是小杏的生日，我還是想送你們一人一個願望，不過，這次要特別小心……」

「謝謝阿姨，不用了。」兄妹三人心有餘悸的立刻搖頭。

「威威的門牙已經掉下來了，可以換新的願望啊。」阿姨不肯放棄，「小杏呢，編織比賽第一名，對不對？還有阿堅，你不是想成為球隊的先發投手？」

看著阿姨努力慫恿的模樣，再看看頭搖得像波浪鼓的哥哥和弟弟，小杏不禁微笑起來，今年生日，她經歷了好多，也學會了好多事。

她發現，大家都以為還沒實現的願望是最美好的，其實，已經擁有的現實生活，才能帶來幸福，才是真正可貴的啊。

否極泰來

【時空入口】漢·趙曄《吳越春秋·勾踐入臣外傳》

泣涕而受冤，行哭而為隸，演《易》作卦，天道祐之。時過於期，否終則泰……

【星星線索】形容壞運到了極點，好運就會來。

【機會相同】時來運轉、苦盡甘來

【命運相反】樂極生悲、福過災生

附錄

成語錄

【三兄妹的願望】

舌粲蓮花：形容人的口才好。

一諾千金：一經允諾，價值千金。形容諾言可貴。

弄巧成拙：本想取巧，卻反而敗事。

功虧一簣：堆一座九仞高的土山，因差最後一筐土而不能成功。比喻事情不能堅持到底，只差最後的步驟而失敗。

【紙星星的謎題】

背水一戰：背著水，表示沒有退路。比喻與敵人決一死戰。

巧奪天工：人工的精巧程度勝過天然。形容技藝高超精妙。

煮豆燃萁：比喻骨肉相殘。

脣亡齒寒：沒有嘴脣，牙齒就會寒冷。比喻關係密切，利害相關。

四分五裂：分裂成很多塊。形容分散而不完整、不團結。

【蒐集三樣寶物】

量入為出：依據稅收的多寡來制定支出的限度。即根據收入來斟酌開支的意思。

螳螂捕蟬，黃雀在後：螳螂欲捕蟬而不知黃雀在後。形容眼光短淺，貪圖眼前的利益而不顧後患。

乘風破浪：乘著長風破浪前進。比喻志向遠大，不怕困難，奮勇前進。

請君入甕：比喻以其人之法，還治其人之身。

阮囊羞澀：形容自己貧困，一無所有。

鑿壁偷光：漢代匡衡鑿穿牆壁，藉著鄰家燭光讀書。比喻刻苦勤學。

害群之馬：危害馬群的劣馬。喻指危害團體的人。

雪中送炭：比喻在人艱困危急時，給予適時的幫助。

蕭規曹隨：指一切按前人成規辦事。

反求諸己：反過來追究、要求自己。

孤注一擲：賭博時傾其所有當作賭注，以決最後勝負。比喻在危急時，竭盡全力做最後一次冒險。

東施效顰：比喻不衡量自身的條件，而胡亂模仿他人，以致收到反效果。

【尋找願之獸】

傾國傾城：全國全城的人都為之著迷。用以形容絕色的女子。

天下無雙：天下沒有第二個了。

王祥臥冰：比喻善盡孝心去侍奉父母。

一箭雙鵰：一箭射得兩隻鵰，指射技高超。比喻做一件事達到兩個目的，或得到兩種好處。

騎虎難下：騎上老虎就難下來了。比喻事情迫於情勢而無法中止，只好繼續下去。

打草驚蛇：打草時驚動了埋伏在草中的蛇。後來用比喻做事不周密，使對方得以警戒預防。

莊周夢蝶：比喻人生變幻無常。

滄海桑田：大海變為陸地，陸地淪為大海。比喻世事無常，變化很快。

否極泰來：形容壞運到了極點，好運就會來。

張曼娟成語學堂 I

尋獸記

策　　劃｜張曼娟
作　　者｜高培耘
策劃協力｜吳信樺
繪　　者｜劉旭恭

責任編輯｜李幼婷
特約編輯｜蔡珮瑤
視覺設計｜霧室
封面設計｜雷雅婷
行銷企劃｜葉怡伶

天下雜誌群創辦人｜殷允芃
董事長兼執行長｜何琦瑜
媒體暨產品事業群
總經理｜游玉雪
副總經理｜林彥傑
總編輯｜林欣靜
主編｜李幼婷
版權主任｜何晨瑋、黃微真

出版者｜親子天下股份有限公司
地址｜臺北市 104 建國北路一段 96 號 4 樓
電話｜（02）2509-2800　傳真｜（02）2509-2462
網址｜ www.parenting.com.tw
讀者服務專線｜（02）2662-0332 週一～週五：09:00~17:30
讀者服務傳真｜（02）2662-6048
客服信箱｜ parenting@cw.com.tw
法律顧問｜台英國際商務法律事務所 · 羅明通律師
製版印刷｜中原造像股份有限公司
總經銷｜大和圖書有限公司 電話：（02）8990-2588

出版日期｜ 2017 年 7 月第一版第一次印行
2023 年 4 月第一版第十三次印行
定　　價｜ 320 元
書　　號｜ BKKNA006P
I S B N ｜ 978-986-94737-3-6（平裝）

訂購服務
親子天下 Shopping ｜ shopping.parenting.com.tw
海外 · 大量訂購｜ parenting@cw.com.tw
書香花園｜臺北市建國北路二段 6 巷 11 號　電話（02）2506-1635
劃撥帳號｜ 50331356 親子天下股份有限公司

立即購買 >

有聲故事書

國家圖書館出版品預行編目 (CIP) 資料

尋獸記 / 高培耘撰寫 ; 劉旭恭繪圖. -- 第一版.
-- 臺北市 : 親子天下, 2017.07
192面 ; 17×22公分. -- (張曼娟成語學堂 I ; 2)
(張曼娟學堂系列 ; 6)
ISBN 978-986-94737-3-6(平裝)
859.6　　106007538